启真馆 出品

守書人叢書

胡洪俠——著

夜書房

二集

ZHEJIANG UNIVERSITY PRESS

浙江大學出版社

自 序

既然有了《夜书房：初集》，那么，"二集"一定是要有的，否则"初集"云云就会变成失信于人。

当然，这是作者一厢情愿的多情想法，读者未必在乎"二"或"不二"。不过，南京大学信息管理学院的甘子华同学，竟然注意到了《夜书房》的初版与再版，还一本正经写了篇论文《窗前明月枕边书——以胡洪侠先生的随笔集〈夜书房：初集〉为中心》，真让我大感意外。这位同学查阅了我 20 年间出版的 15 种散文随笔集，经过一番梳理，发现 2013 年以后我出版的新书其实都是先前旧著的再版。甘子华同学又引用国家新闻出版署 2018 年 7 月发布的一份报告说，2017 年重印图书品种与印数保持较快增长，品种首次超过新版图书，总印数达到新版图书的 2.4 倍，这刷新了 1949 年以来"中国出版业的两个纪录：一是重印图书品种在当年图书出版总品种中比重首次过半；二是再版率达 50.22%，刷新中国出版业的图书再版率纪录，可谓创世纪新高"。

我很高兴无意中为提升出版业图书再版率尽了些绵薄之力，甘子华同学的观察倒是让我另有蓦然心惊之处，原来我有五六年未能贡献一本彻头彻尾的新书了。写作计划当然已有几个，为此陆续购置了三五千册新书旧籍，连国图的相关缩微胶片也购藏了几种，各种所谓"创意""灵感"积攒了一大堆，谁知新书却是一本也没有写出来。忧虑焦躁之余，我时时怀念旧日的写作激情，也常常怀疑今日的写作能力。我甚至每每自问，写作究竟何为，出书到底何用。又或者劝慰自己退休以后再出发，青山依旧在，且等夕阳红。多少长短文字就如此这般在彷徨与拖延中烟消云散，仿佛策划好的几场战役，兵马粮草都已齐备，谁输谁赢早就了然于胸，结果却一直按兵未动，千军万马发不出一枪一炮，想象中的精彩战况与辉煌战绩都只好寄存在空想中了。

《夜书房：二集》是一定要有的，然而我却不想再重版旧著了。无奈新书也还没有，奈何？某日忽然想到，2003年至2005年间我主编《深圳商报·文化广场》周刊时，写过几十篇"眉批一二三"，其面貌有点儿"混搭"：几分编者絮语，几分闲闲书话，几分广场随笔。当初写得很用心，自觉今日读来还有些趣味。多年来我一直想找机会让这支队伍整装集结，离开当年驻扎的版面，去新空间寻找新读者，执行新任务。这次再蒙浙大出版社"启真馆"不弃，趁《夜书房：二集》可乘之机，我遂将它们一一唤醒，送它们沐浴更衣，梳妆打扮，劝导它们排好队形，重新上路。

如此说来，《夜书房：二集》虽然不是新写的书，但也不是简单的旧书再版。书中的文字自十几年前的时空走来，散发着那个时代的微尘与暗香，也呼应这个时代的思索与情怀。它们像一束再次腾空的焰火，拼尽力气要把仅有的那点光亮都散发尽，然后重归寂静。

"二集"之事已了，接下来筹划"三集"，那一定是一本比"初集""二集"更新的新书。期盼王志毅和李卫等"启真馆"同人别忘了一如既往催稿、催图，我也乐得让夜书房的夜再漫长些，再沉静些，我越来越不心急火燎盼望所谓新一天的到来了。

　　　　　　　　　　　　　　　胡洪侠于北大勺园

　　　　　　　　　　　　　　　2019 年 5 月 7 日

目　录

卷三

卷
一

在这个人面前我们再次相遇

一

　　《深圳商报》1995 年秋季创设《文化广场》周刊，在第一期上，我写过《此开卷第一回也》以明编辑心志，选了剖析广东文化"北伐"现象的文章为主稿，还请了美术编辑画一幅形状不规则的插图，又请了擅书法的同事题写篇名——如此种种，现在想来，都是七八年前的事了。七八年间，南来北往，卷开卷合，不仅世纪长了一岁，"二十"变成"二十一"，连时代也已变得互相难以相认。那时候，网络尚未展露出"网罗天下"的雄心，IT 行业开始搅动传统经济的一池春水，但是还没有搅成新经济"泡沫"。那时候，我们去邮局寄信给远方的朋友，没几个人知道 E-mail 是何方神圣；那时候，心里烦闷了就找熟人倾诉，现在大家都纷纷转身去了网络聊天室，对着不知真实性别、身份、年龄的"网友"虚构友情、亲情、爱情等，谈天说地，上天入地，昏天黑地，不知夜幕已落，东方既白。

这天地果然是一番新天地了：风尚在变，趣味在变，人生的冷暖温度在变，世态的炎凉指数在变……是的，你在变。《文化广场》此时复出新刊，又该如何因你而变？

二

前些日子去西丽湖参加深圳市特区文化研究中心的座谈会，与会诸位凡我认识者大都是因为《文化广场》，他们其实早从作者变成了朋友。同样是这些人，同样谈的是文化，话题却和前几年大不相同了。当年，他们在"广场"谈论"新移民文化"和"深圳学派"，滔滔不绝，激情四射；他们曾经罗列一大堆证据驳斥"深圳文化沙漠论",义愤填膺，声震屋瓦；他们执意发出"自己的声音"，刻意同北京、上海、广州比较，纷纷为"青春文化"鼓与呼；他们推荐《顾准文集》，介入文坛争端，评点打工文学，一心要在"文化松软地带"占领"文化桥头堡"……

俱往矣！

今天他们在说什么？他们不想再放言高论"文化"了，因为"文化"在小圈子里已经谈滥了，"文化精英"终日炮制的许多文化问题其实都是"假问题"，众多文化概念谈来谈去都成了"文化陷阱"；他们也不再纠缠是"沙漠"还是"绿洲"了，因为有自信、有实力的社会更注重建设，更注重市民的文化感受和文化权利。他们谈论与日常生活有关的话题，希望文化研究用实证的方法起步，文化评论从身边细小的现象说起，文化建设从百姓的生活需求做起……

短短几年间，话题确实发生了许多变化，《文化广场》也许正该因此而变。

三

　　筹备新版《文化广场》，头绪多多，诸事杂乱，其间突然接到赵武平的电话，有意外的惊喜。几年没联系了，如今能接上中断许久的话题，依然是拜《文化广场》所赐。他是新版昆德拉文集的责任编辑，曾去巴黎塞纳河左岸的一条小巷里拜访米兰·昆德拉，本期《文化广场》"昆德拉专题"，他出力甚多。就冲昆德拉，真该马上敬他一杯酒。

　　在近二十年中国的"阅读史"中，昆德拉是一个绕不过去的名字。20世纪80年代中期，许多人捧着韩少功译的《生命中不能承受之轻》，一边享受阅读的快感，一边争论着究竟何谓"媚俗"。

　　现在我们知道，其实将"kitsch"一词译为"媚俗"是不怎么准确的。我们也知道，许多昆德拉译本不仅未经作者授权，而且译者采用的底本也大有问题，随处可见的删节与"改写"就不用说了。

　　不独中文，其他语种的翻译也多有不忠不实之处，笑话实在太多,《玩笑》的翻译果真就成了玩笑。

施康强有篇文章提到,昆德拉说,"天空是湛蓝的",最早的法译本翻成"十月在雪青色天空下挂满华丽的彩旗";昆德拉说,"我感到忧郁",译文却是"巨大的忧郁的话语把我套住";昆德拉说,"海伦娜高兴得跳起来",译者妙笔生花,成了"她跳腾如群魔夜会中的巫婆"。

新出的中译本还没见到,我只希望中译者们千万别再跟我们开玩笑了。"高兴得跳起来"就够了,我们可不愿意海伦娜成为"群魔夜会中的巫婆"。

同事给我看昆德拉的照片时,我想,在这个人面前,在这一双深邃的智者眼睛面前,和你重逢,和许许多多的新朋老友相遇,是个很不错的开始。

原载 2003 年 3 月 15 日《深圳商报·文化广场》复刊号

附：

《文化广场》周刊再次出发

——《深圳商报书评》崭新面世

新版《文化广场》今日同新朋老友见面，众编辑诚惶诚恐，期待读者评判。

生活在变，传媒在变，报纸的周刊自然也应该与时俱进，自我超越。新版《文化广场》在发挥原有优势的基础上，将更注重以下方面：

注重日常生活中的文化话题和百姓生活中的文化需求；

注重选择和整合各类文化资讯；

注重文字内容的视觉表达与视觉解释；

注重对本土文化的关注与解读；

注重独立思考和独到见解；

注重文字的精致与表达的通俗；

注重不同声音与不同领域的兼容并包；

注重与读者的交流与互动。

诚恳欢迎广大作者、读者赐稿、赐教。

《新观察》版设有《都市笔记》专栏，并将开设《给编辑的信》栏目。《都市笔记》刊载各类言之有物、持之有据、论之成理、读之有味的文化评论，尤其欢迎从深圳日常生活入手评析都市现象，解读流行话题，传播与市场经济体制相适应的文化理念，弘扬与现代社会相协调的文化传统。文字不必长，2000字左右足矣；内容不必艰深，深入浅出最好。将要开设的《给编辑的信》是一个读者评论栏目，讲究文字明快，篇幅短小，有感而发，自圆其说。生活中有无数让我们心动、心思乃至心烦的文化话题，写几句，传给我们。

《广场沙龙》为精短专栏版，涉及文化生活方方面面。我们将不断优化作者队伍，广邀各路高手在此长话短说，力求众声喧哗而无噪音，资讯丰富又有趣味。读者尽可各取所需，也可与作者以各种方式交流心得。

《对话现场》版将带领大家走进对话者的内心世界，以问答方式展示平凡生活中的非凡内容或非凡生活中的平凡境界。

此次《文化广场》新张，一大特色是我们推出了四个版的《深圳商报书评》，这是目前中国综合性日报中规模最大的读书类周刊。新书往往是新闻，出版已经成产业，我们将从"书新闻""书观点""书故事""书摘"诸方面入手，试图多角度再现出版界热点，展现日益多元的阅读生活，关注鱼龙混杂的书籍市场，推荐可圈可点的新书精华。欢迎提供新闻线索，褒贬新书短长，讲述书籍故事，尤其欢迎直言不讳地批评不像话的低水准出版物。

文化无所不在，广场依然很大，希望这广场上很快熙熙攘攘，人气旺盛，有很多的赏心乐事，很多的良辰美景。我们一定尽力，也盼望您的帮助。

深圳商报编辑部

原载 2003 年 3 月 15 日《深圳商报·文化广场》复刊号

回一位署名"十年读者"的传真函

一

你的署名是"十年读者",你读我们的报纸竟然都十年了,时间真的不短,谢谢!说句不怕你笑话的话,你发给我的传真是我们收到的第一份读者意见,我还以为满纸都是赞不绝口的话,于是兴冲冲跑过去看个究竟,准备狠狠满足一下自己的虚荣心。结果当然很惨了:你一句表扬的话都没说。你说《周末生活》和《文化广场》都"编排陈旧,无新意";你说《文化广场》"应该色彩感强一点";你说两个版块的文章似乎太"文气"了,"曲高和寡";你感叹说:"周末的生活不应该这么闷吧！"

看得出你是认真读报的人，所以我愿意在这里答复你。

二

你一定读到过很多"编排陈旧"的报纸，对"无新意"的报纸向来深恶痛绝。我也是。

说实话，现在报纸的专刊、副刊一类是越来越难办了：读者需求日益多元，生活趣味分化加剧，读书人很多都去读山、读水、读网络、读电视、读影碟、读电子书了，我们期求的读者目光，也就越来越成了稀缺资源。资源稀缺自然行情看涨，我们不得不付出更多的努力去"目光市场"推销自己，因此也就必须格外关注版面编排。这道理似乎和本版赵晓博士文章中阐发的"好的表述"命题有些像。他的意思是说，相同的事实或者道理，不同的表述会有不同的结果。他文中举的例子很有趣，也很有用。

求得"好的表述"方能成就好事。版面编排事关能"勾引"多少读者目光的大计，我们岂敢疏忽。据说现在已进入"读图时代"，再固守"字数就是信息量"的老规矩，已经满足不了读者的新要求。我们需要图文互动，视觉表达上多一点创意，痛下杀手将文字塞进视觉解释和视觉简化的流水线中。不过我也常常想，报纸的版面编排其实无法简单地说"新"论"旧"，最终要看与版面内容和功能是否和谐，与物质富足时代读者的生活品位是否合拍。不瞒你说，我和我的同事们在图文匹配和编排上还真的下了一番功夫。我知道我们的"编排"一定好不到哪里去，想求得"好的表述"恐怕还得再熬几个通宵，但是要说一点新意没有，却也未必。这点自信我还是有的。

三

至于《文化广场》的色彩感，我得说，我与你的想法正好相反。我觉得一张报纸从头到尾处处鲜艳夺目，色彩横陈，读者读起来会累的。我还觉得娱乐、时尚、运动一类版面大可浓妆艳抹，文化、读书类的专刊色彩倒应该沉稳些、雅致些、安静些，不宜一味靠"醒目刺眼"去唐突读者的眼球。不同的人会选色彩不同的服饰，不同的版面也会有自己不同的"表情"，这个道理你肯定懂。从本期开始，我们甚至连《文化广场》内页各版的"彩印"都取消了，只想着能重回"黑白灰"空间，在淡淡的红色"眉眼"中去寻找久违的沉静。也许我的趣味太偏激，那就等更多的读者反应再探讨好吗？

四

前些日子广州一家杂志创刊时喊出了一句"再现文字之美"，我欣赏得不得了。文化快餐盛行的时代，很多人对"文字之美"的敏感度真的降低了，一心锤炼笔下精致文字的也少了。媒体漫天飞，到处都需要文字。写的人于是匆匆出手，读的人照例一扫而过，谁又顾得上文字讲究不讲究呢？

我没有"再现文字之美"的志向，但是也和我的同事们商量过，希望我们的作者能对文字更尊重一些，写作态度更严谨一些，遣词造句更讲究一些，最好写得好玩、有趣一些。如果你不满意的"文气"是指我们对文字要求不严，我们闻过则喜；如果你认为我们刊载的文字不应该文气，而应该"俗气""痞气"，像白开水那么"白"，像网上酷评那么"酷"，那我就不陪你玩儿了。

上个周末让你很"闷"，真对不起。这个周末你肯定不闷了，伊拉克正热闹着呢。先写到这里，我得去看电视了。你知道，尽管这场战争的性质很陈旧，可是新武器、新战术、新借口的编排有太多的新意了，烽火中的沙漠色彩感很强，而且，一点儿都不"文气"……

原载 2003 年 3 月 22 日《深圳商报·文化广场》周刊

附：

读者说"广场"四则

老友重逢

上周因故未能看到复刊的《文化广场》。

今天，手中的报纸让我欣喜！我自认是个地道的"广场迷"，家中珍藏不少早期的"广场"版面及剪裁下来的文章。如今又见"广场"，好似老友重逢。希望"广场"上有越来越多的老朋友出现，特别是我喜爱的黄中俊小姐，还有"候鸟"侯军都回来了，就在邻家"姜书戚酒"的姜威为什么还不露面呢？

版面设计，当然应该美观、活跃、新潮，但是作为读者，只要有让我剪下来放进收藏夹的好文章，我是不太在意是否有花哨的版面装潢的。

"再现文字之美"，我再同意不过了。看看现在一些歌曲、文章，真是今年二十，明年十八，越来越幼稚了，而且文法不通，不知所云。这样下去，优美的汉语真的要毁在我们手中了。作为文字的传播者，你们有改变这种状况的义不容辞的责任。作为一个读者，我会一直注视着……

一个纯粹的读者

你们的责任大大的

记得上周看到这个新专刊、新版面，算不上一见钟情，但我的确蛮喜欢的，最喜欢的还是"广场沙龙"里那些不太深奥又不肤浅、不太文气又很儒雅、不长也不短却让人回味有余的小文章。

在本人看来，一个专刊的好坏、质量的高低，还有是否赢得广大读者的爱戴，关键在于它所取内容的优劣。图文并茂固然好，但内在的东西才是最最重要的部分，如果只用华丽张扬的色彩版面来吸引读者眼球的话，最终会遭到大众的唾弃。做个不恰当的比喻吧，就像一个只在乎外表修饰而不重视内在气质提升的爱美人士，你说她会真正美吗？"……黑白灰、沉静、安稳、雅致"，喜欢！我相信会有很多人喜欢这样的格调。

无论有多少人如你所说，都去读山、读水、读电视、读网络了，但我相信还有很多很多的人，依然迷恋这带着墨香的白纸黑字的报刊和书籍，还有很多的人依然在追求文字之美，所以，身为编辑的你们责任还是大大的！

米丽

谁说文化就是"虚"的？

我可是《文化广场》的老读者了！几年前，我还在学者大腕云集的"广场"上抖了一篇小文章，那种感觉真不错！

两次《文化广场》的出现碰巧都是在我工作比较顺畅的时期，这使我有一些闲暇和一种宽松的心境来读它。"广场"与我，就像一对男女在合适的时间、合适的地点、合适的状态、合适的心情下的相遇，于是恋爱了。

新的"广场"的确有了很多不同以往的地方，它更实了！以前的内容论虚的居多，但就像我在当年的"广场"上发表的文章上讲的一样，谈文化是一个时间的问题。以前，你想实也没办法，俗话说"巧妇难为无米之炊"。现在有个突出的现象就是：深圳人开始怀旧了，这说明特区深圳有了历史感。有了历史，就可以有沉淀；有了沉淀，就有了实物。所以我们欣喜地看到："广场"的面貌更亲切了，距离大众更近了。我喜欢这样实实在在的东西，谁说文化就是"虚"的？！

对于新"广场"，我自然要评论几句："新观察"版面不错，文章和资讯都有内容，有分量，值得一读。"广场沙龙"的文章欠精致，给人一种杂乱的感觉，没有精练的思想，文笔也不够高超致密，"那年那月"稍好一点。专栏的名称不够吸引人，"美言几句"还行，恶俗的是"毛毛雨""东写西读""慧心一瓣"。书的版面也不错，只是希望能更时尚一点，不要太学者面孔，关于《激情时尚》的那篇文章不错。

我非常同意你"再现文字之美"的观点，所谓的"读图时代"，大多数人的理解根本就是跟风误解，以为出现一个新词，自己能用就是时尚。我认为读图从来就不与读字冲突，只有在文字软弱的时候才会受图冲击。图文应是相得益彰，该有就有，不能为有而有，否则不就太做作了吗？色彩也是一样。在传播方式、制图技术如此发达的今天，多一些图让人享受是正常的，但要说图能代替字，那可真是大白天的一个圈圈梦、狂想一类！当然，讲究文字之美也要注意不能病态地追求其习钻味、学腐气和虚幻之华丽，那同样犯了做作和狂想的毛病。

森迪

来一道精美的文化大餐

星期六，深圳商报新版《文化广场》的面世给读者送来一份文化大餐。欣喜之余，我忍不住要说上几句。

对任何一件事物的认识，历来都是仁者见仁，智者见智。就说色彩，村姑的桃红柳绿是美，贵妇的黑天鹅绒晚礼服是美，新嫁娘洁白的婚纱也是美……每个人有每个人的审美情趣，不能强求一律。报纸的版面编排也是如此，要能做到雅俗共赏，委实不易。已经出版的两期《文化广场》封面很有创意，对视觉有一种冲击力。3月15日的《还原昆德拉》古朴沉静，久违了！3月22日的《文坛无风又起浪》，鲜活生动，文字配图恰到好处，几位专家学者富有个性的形象跃然纸上，和关于《一个人的排行榜》的独家专访相映成趣，耐人寻味。编辑部诚恳地希望读者提建议，在这里我冒昧地说几句。

主编胡洪侠先生在《回一位署名"十年读者"的传真函》中提到，对某家杂志喊出的"再现文字之美"表示欣赏，这和许多读者的心是相通的。既然如此，何不在《文化广场》办一个像样的文艺副刊，登一些精美的散文、随笔、短篇小说，再现文字之美呢！报纸既要发些短小精悍的"豆腐块"，也要发些大气的、有分量的文章。在我国文学史上，许多文学大家就是从报纸的文艺副刊中走出来的，副刊在培养文学新人方面做出了不可磨灭的贡献。希望我们的《文化广场》继承和发扬这一光荣传统。

梅林一村读者秉愫

战火中的书人书事

一

几个月前，我看凤凰卫视的专题片《热火巴格达》，记住了巴格达市中心的一条小街。主持人陈晓楠在片中说，这条街叫作木塔那比街，是以一位著名诗人的名字命名的。她说，每到星期五清晨，这条小街就会熙熙攘攘起来，"特殊的生活催生了另一个市场的繁荣"——这里是巴格达的旧书市场。陈晓楠说，经过长达十二年的制裁，这个旧书市场成了一处"独特的风景"。

我因此对这条小街大感兴趣，无奈电视画面一闪而过，我当时看得清楚，事后却记不真切。过了一段时间，我和陈晓楠在物质生活书吧不期而遇。我对她说，我当然也关心伊拉克人民的悲惨处境，可是战火中书的命运也值得关注，那正是爱书人看世界喜欢瞄准的角度。关于那条小街，我说我想知道得更详细一点。陈晓楠说，我传一份资料给你吧。

这些天来，与伊拉克战争有关的资讯铺天盖地，我起早贪黑地看电视、读报纸，渐渐地有些厌倦了，于是又想起陈晓楠传过来的《热火巴格达》文字版。解说词中有一段话，我当时听的时候就觉得古今往往形同天壤，今天读来更觉世事无常："伊拉克一定是神灵最宠爱的一方水土，万顷石油之上，又一下子赐予它两条大河。不少人坚持认为，这里是地球上最适合人类生存繁衍的地方。伊拉克人也一向被看作是阿拉伯人中最骄傲的一群，他们喜欢沉浸在对辉煌往昔的夸耀之中，喜欢沉浸在对卓越前辈的赞叹声里，但是前辈们恐怕很难理解后世子孙今天的窘境……"

二

　　主编《天涯》杂志的少君兄推荐来一篇稿子，是海南一位记者采访韩少功的访问记，我真的是喜出望外，有几年没见韩少功、蒋子丹他们了。当年《文化广场》刚出道时，他们二位和他们的《天涯》杂志帮了我们不少忙。韩少功的新小说《暗示》我早就买了，只是到今天都没顾上看。也罢，不管什么英美联军误炸自伤的事了，关掉电视读《暗示》。

　　书中有一节，题目就叫"书"，讲的是"文革"中偷书的故事，有趣。大头偷了价值200万元的精美画册，给人告了密，抓住了。好多人都以为大头必死无疑，结果只判了一年，又缓刑一年，当场放了。大头后来知道轻判的原因全在于他偷的是书，在一般人眼里并不值钱。韩少功笔锋一转，说现在印刷机都在高速飞转，书市一个比一个浩大。许多有身份的上流人士为了取得"文化身份证"和"道德介绍信"，争相装修大书房，成批地购买经典，可是他们一个月也读不了三页，"对于他们来说，书的实用意义正在逐渐被象征意义取代"。

《热火巴格达》中的巴格达教授一定羡慕死这些坐拥书城的人了，教授们不仅顾不上"象征意义"，连"实用意义"也顾不上。为了生活，他们往往忍痛卖掉自己多年的珍藏。那位老教授对陈晓楠说："上星期我刚卖了2000本杂志，装了15箱，用我的破车运了三天才全搬到这里，不过也卖不出什么价钱。"他说，卖书可以换一些钱给家人，这不一定比书更好，但是更重要。陈晓楠明知故问："旧书往往有特别的意义，你不觉得可惜吗？"老教授说："当然，旧书有着历史的味道，让我回忆起当我还是个十几岁的少年，刚刚接触到这些知识时的美妙时光，所以我的心在流血。"

三

"美妙时光"？是的，多么美妙的时光！巴格达是《一千零一夜》的故事背景，航海家辛巴达使用的钱币都是巴格达铸造的。还有那位大诗人木塔那比，巴格达有他的许多传说。有一次，他从一个书商那里借到一本书，读了一遍就完全记住了，不必掏钱买下，便把书退给了书商（这让我想起《射雕英雄传》里黄老邪新婚夫人借读老顽童《九阴真经》的故事）。如今，木塔那比街的旧书市早灰飞烟灭了吧。

几天前的一个下午，一帮人聚在一起座谈一个与战争毫无关系的文化话题。我的一个胖朋友说，我们先就伊拉克战争发表点看法吧，发生在我们眼前的这么大一件事我们都不关注，算什么知识分子？于是大家各自慷慨激昂几分钟。可是，我的一位瘦朋友始终不愿意说话，他一定是读书读得太多了，我想。

原载 2003 年 3 月 29 日《深圳商报·文化广场》周刊

远忧近虑中道一声"平安"！

一

烽火连三月，烽火何止连三月。有家媒体说要连四月，有位国际问题学者说会连五月，有个军事专家说，怎么着也得连六月吧，要么七月？

天知道烽火会连到什么时候！美英联军不停止轰炸伊拉克的城市，海内外媒体就绝不会停止轰炸我们的眼睛，无日无之，想避都避不开。突然想起巴格达市民萨马拉伊说的一句话，堪称警句。他认为美国攻打伊拉克是为了铲除萨达姆，可是连绵炮火中古城巴格达无数珍贵文化遗产就要付之一炬了，于是他说："他们为了捕杀一只狐狸，不惜烧掉整片森林。"

新华网一篇文章引述美国历史学家克莱默《历史始于苏美尔》中的资料说，苏美尔文明在人类历史上有 27 个"世界第一"，伊拉克境内的文化遗址可能有数十万之众。又有资料说，在上次海湾战争中，伊拉克博物馆和考古场所共有 2264 件文物和考古发现品以及 2 万份珍贵手稿流失。读这些资料时，我想我们的《周末生活·视觉都市》版也许该让读者的目光从战场上转移片刻，去看看辉煌的两河文明遗迹，感受一下从前安静美丽的巴格达城，重温童年读《一千零一夜》时脑海中神游过的斑斓王国。我的同事千方百计把这个"特辑"做出来了。别的事我们也做不了，这个专辑算是道个"平安"。

二

电视里的专家指着伊拉克战场示意图斩钉截铁地说，共和国卫队成功击落了先进的美国"黑鹰"直升机，说明伊拉克防空炮火依然神勇。可是他说这话的时候，屏幕下方的字幕滚动出相反的新闻：美国中央战区司令部称，"黑鹰"直升机不是共和国卫队打下来的。简直乱七八糟，我关掉电视读《广场沙龙》校样。上海柳叶的文章说，无论是美英媒体还是伊拉克媒体，发布的消息有很多都是假新闻。他还拉来《纽约时报》的一篇文章为自己壮声威，那文章的标题正是《在这场战争中，新闻成为武器》。这家伙写文章善用"以毒攻毒"之法。香港马家辉本期的稿子不再谈战争了，笔锋一转去了加缪小说中20世纪40年代的法国俄兰城。他说他在以另一种方式纪念加缪九十冥诞。身处"非典型"环境，他还有心情重读加缪小说，很不错，祝他平安！他前几天好像也写过战争与媒体的文章，我翻出《信报》一看，果然。他说你要是翻开一部媒体发展史，自可明白人类的两次大战都曾刺激媒体转型，电台广播、黑白默片、报纸号外、杂志周刊统统随战争得以前所未有地跳跃飞升，而这次伊拉克战争中前所未有地跳跃飞升的媒体又加上了互联网。晕，我就不翻什么发展史了，继续看校样。还好，孤云的"历历网事"也谈网络，但是没谈战争，他说他"郁闷得紧"。为什么？原来张国荣自杀了。

全乱了。

三

我在"乱"中想起一个人来：苏珊·桑塔格。

她最近出了一本新书《关于他人的痛苦》，谈的还是她擅长的话题：战争与摄影。

"9·11"后她的一番曾受本国同胞围攻的言论至今言犹在耳，耶路撒冷奖颁奖典礼上她发表的大有争议的演讲词依然闪烁着独立和智慧的光彩。她进入中国读书界的视野已经很多年了，可是我们今天想起她，就会想起美英联军"兵临巴格达"。或者说，想起炮火光影中的巴格达，就总会想起她。书评版编辑闻风而动，海内外的电话一通乱打，颇具规模的封面专题居然让她给折腾成了。我们还摘了一点儿桑塔格的《论摄影》，似乎"可读性"不强，但值得细细一读。网上的消息说她又发表了反战言论，不知她如今平安否。

"可读性强"的是张国荣的电影和歌曲。毛尖寄来她新出的一册《非常罪，非常美》毛边本，书中有一篇写张国荣，结尾引了四句诗一样的文字，不知是不是张国荣自己写的。这四句话是：

"疲惫奔波之后我决定做一个叛徒，

不管功成名就没有什么能将我拦阻，

我四处漫步我肆无忌惮，

狂傲的姿态中再也感受不到束缚！"

语句中的潇洒终于没能冲淡他内心的抑郁，不太吉利的诗意仿佛谶语。他真的感受不到什么束缚了，但我们的路还得继续。远忧近虑中，祝大家平安！

原载 2003 年 4 月 5 日《深圳商报·文化广场》周刊

跟他和她说人事文事，向李世南要钟馗

一

致靳飞：

好长时间没有跟你联系了，你还是东京、北京两地跑来跑去吗？我始终想象不出，你身穿灰色长衫，手提黑色"文明棍"，在东京街头晃来晃去，会是什么样的情景。反正，那年你这身打扮，出现在深圳一帮《文化广场》的朋友们面前时，我是既感吃惊又觉好笑，觉得你这"京城遗少"果然名副其实，别说以貌取人，就是以衣取人都不会错的。

今天下班后，我满书房找你托朋友带给我的那本《北京记忆》，就是找不着。你一定听说了，你的好朋友吴祖光先生走了，你在北京的那班很老的老朋友们渐渐没剩几个了。我想你的书中一定有写吴祖光先生的文章，于是想读一读，谁知道书到用时就没了踪影。吴先生的弟弟吴祖强对北京一家报纸的记者说，吴祖光看不得不真、不善、不美的东西，和他没有关系的事，他也要说出来。你一定也这么想。原来《文化广场》发过新凤霞的文章和她画的水墨小品，好像也发过他们的公子吴欢的文章，是不是你介绍来的，我记不清了。

上个星期六的晚上，凤凰卫视播了专题片《永远的霞光》。拍得真好，我竟然看出了眼泪。当时我还莫明其妙，不明白电视台为什么突然想起了吴祖光和新凤霞，现在知道了，那是为吴先生的生日和新凤霞的忌日赶制出来的。真该感谢他们！《永远的霞光》留下了吴先生最后的影像，那一道世不二出的霞光从此照亮的是你和许多人心中不灭的记忆。你知道，片子结尾时的镜头让人陡生感慨：三次中风的吴先生坐在轮椅上，神态安详，双嘴紧闭，听说他已经一年多没说过一句话了。他一生说了那么多真话，脑血栓这个病魔却偏偏封了他的嘴！

二

致黄中俊：

你让我给你的新书配插图，这可苦了我了，东翻西找，又是托人扫描，又是电邮来电邮去的，如今竟然还没配齐。说"苦"，其实心里是高兴的，毕竟你书中那些文章大都是当年《文化广场》发表过的。陈思和给你写的序我也读了，你让我为这篇序文起个标题，我想就叫《时代变迁中的文化愁绪》吧，这正是陈老师文章里的意思，他是否同意我就不管了。他序文中说《文化广场》曾经是他每期必读的副刊之一，我看了心里一个劲儿地得意。他评价你的文章，说"中俊虽属女性，其散文又发表在商风浓烈的深圳，文化品位却与专讲个人情趣的流行散文截然有别，20世纪90年代变动着的时代风气悄悄吹入她的笔端，谈城市，谈文化，个人的愁绪里弥漫着文化变迁的沧桑感，生活的记载里隐藏着时代进步的两难，让人耳目一新"。这话说得好。

新版《文化广场》开张后，有读者来信说希望能再看到你的文章。我知道你远在加拿大为生活打拼，一腔汉语的文化愁绪早翻成了颠三倒四的英语，未必有闲暇再写"与流行散文截然有别"的文字了。不过你也该向老朋友们学习学习，他们至今并未放下手中的笔。自本期起，你那位"远方不远"的朋友邓康延又开始"图文互动"了，只不过"老照片"换成了"新照片"，"观察"自然也是"新"的。

三

致李世南：

李老师，如果不是编发本期许石林写您的文章，我都不知道您又去了北京。我倒是知道前两年您去了河南的。石林的文章说："在本土意义上，李世南仍然是一位深圳画家。然而他已经不完全属于深圳这块土地了。也许漂泊才是李世南这样一个画家、一个艺术圣徒生命的最佳存在方式。"这倒让我想起1995年的秋天，那时《文化广场》刚刚创刊不久，聂雄前写来一篇《一个画家和他的文化命运》，开篇即说他第一次拜访您时，无端想起苏东坡《书李世南所画秋景》中的两句："扁舟一棹归何处，家在江南黄叶村。"那时我想，虽然您在深圳有诸多不如意，身体又遭病痛打击，但最终你会在深圳待下去的，我拜访您时为身边有您这样一位智者感到由衷的欣慰。现在看来，您的漂泊旅程仍然未完，回家的路依然"在路上"，而"黄叶村"是在江南还是漠北愈发说不清了。您多保重，深圳很多人都还想着您。我素来厌恶向人求字索画，所以那年您提出要给我画幅画时，我惊喜得都不知该怎么谢您。您问我想让您画什么，我说我喜欢苏东坡那首《和子由渑池怀旧》："人生到处知何似？应似飞鸿踏雪泥。泥上偶然留指爪，鸿飞那复计东西。"您果然以诗意入画，为潇洒意境大片留白，给淡然心情点染淡墨，裱好了后郑重送我，至今都让我惭愧万分。我似乎永远也到不了您笔下的境界了，倒是您的漂泊正注解了苏轼的禅意。说到这里，我干脆破例向您要幅画。听说您最近常常画钟馗赠友人，我也想让您给我画幅钟馗。生活中见鬼的事太多了，您就把钟馗老兄派到我这儿来值几天班吧。

原载 2003 年 4 月 12 日《深圳商报·文化广场》周刊

做一粒"读书种子"是幸福的

一

……现在你还能说什么？傻了吧！那天我们一起谈《文化广场》如何改进，说着说着，话题就脱缰似的奔伊拉克战场去了。关于身边的很多事，我们还没弄清真相，却忍不住傻呵呵地跟着电视机，对着一大堆是是非非，兀自指指点点，简直乱七八糟。我说过我很担心战火中几千年间的珍贵文物难以自救，轰炸中无数稀世典籍也不会自己找到防空洞，政权可以废了再立，那些文物典籍却和人的生命一样脆弱，毁掉了永远不会再有。你哈哈大笑，说我杞人忧天，又说联合国有《武装冲突情况下保护文物财产公约》，第五条规定，占领国"有必要采取措施保存占领领土内为军事行动损害的文化财产"，还说你相信"美英联军不会坐视不管的"。我当然希望这样，可是你已经看到了：先是伊拉克国家博物馆48小时内被洗劫一空，17万件文物不知去向。然后，伊拉克国家图书馆起火了，邻近的伊斯兰图书馆也被烧了，极其稀有的伊拉克皇室文件——16世纪的奥斯曼帝国秘档、全球最古老的《可兰经》，都成灰了……你知道现场的一位英国记者说什么吗？他说博物馆、图书馆相继遭毁，意味着"伊拉克人的文明一切归零"。那位记者看见伊斯兰图书馆冒出100英尺（约30米）高的大火，立刻冲到美军海军陆战队平民事务办公室，告诉他们起火的位置和英文、阿拉伯文的名称。他算着美军5分钟能赶到，可是半个小时过了，失火现场不见一个美军控制火势。五角大楼说，这一切出乎预料之外。怎么样？这一切也出乎你的预料之外吧，你说话呀！

二

"书自有其命运"，安放书籍的图书馆又何尝不是。书的故事中必然有一章是图书馆的故事，本期我们的"书故事"版请来吕薇，听她讲陪她长大的故乡图书馆的兴衰。

每个人从小到大读过的书或许不同，但是一代人的阅读史就是那代人的心灵史，这是一样的。吕薇说，在故乡的图书馆中，她从《儿童时代》《儿童画报》读起，然后是《儿童文学》《故事会》，之后渐渐长大，开始读《台港文学选刊》《译林》《当代》《十月》，再往后，外国名著渐渐多了——《欧也妮·葛朗台》《高老头》《安娜·卡列尼娜》《复活》《牛虻》《傲慢与偏见》，还有"改革小说"，什么《花园街五号》，什么《夜与昼》，什么《新星》……还有随电视剧而风靡的《大西洋底来的人》。

可是吕薇说，她故乡的图书馆塌掉了。"我不能想象，这样的一个小城，没有了图书馆，还能剩下些什么。"她显然是生气了。她说她不知道如何表述内心的悲凉："虽然不曾眼看她起高楼，但却亲历她的灿烂，再见她的衰败。楼犹如此，书何以堪？情何以堪？"

三

　　巴格达没有了国家图书馆，像极了一座空城，吕薇故乡的图书馆塌了，她于是觉得小城的生活也"归零"了。好在书籍文化连绵不绝，历经秦火、战火、天火，仍能延续至今。图书馆不会停止增长，碰巧身边有那么几座，我们大可以天天庆幸。听说深圳今年的一个文化建设目标是让深圳成为"图书馆城"，好极了，我们盼着。

　　不管身边有没有图书馆，做一粒"读书种子"总是幸福的。本期《文化广场》专题让大家认识"读书种子"——残雪。她在卡夫卡、博尔赫斯的文字世界里沉浸经年，之后掉头直奔但丁、莎士比亚等古典大师，新书《地狱中的独行者》刚刚出版。她的阅读速度不快，常常一本书读两三年。她对我们派去的特约作者说，她读书为的都是用心灵感悟艺术法则，再把法则贯通于评论中。她把这一姿态称为"坚守的姿态"，即艺术至上的姿态。

"坚守"一词用得好！前几天，几个朋友商量着想自费出一套小书，借此把散落在"虚拟天空"里的文字召集到一起，给它们一个新家。读书于今算不上什么了不起的事，写书、出书更是平凡得如同泡吧。可是朋友们说，为了让自己对书满意，让书对自己满意，一定要竭尽全力，尽善尽美。

这也该算是小小的"坚守"了。人需要坚守一些东西，不然生活早早就归了"零"。图书馆也许守不住，像伊拉克，但是守着一本书看它两三年总是可以的，像残雪；图书馆里别人的书也许守不住，像吕薇，但是对于自己的文字，还是要将它们守住，像我的那几位朋友。

原载 2003 年 4 月 19 日《深圳商报·文化广场》周刊

不妨就在家里，找本旧书，重温旧梦

一

现居香港的李欧梵教授前几天给《信报》撰文，说是"非典"把人困在家里，正好可以忙里偷闲，在家看书、听音乐、写文章。他说他看了不少老电影，勾起了怀旧情怀。目前他已经看了九部旧片：

1.《北非谍影》（*Casablanca*）；2.《公民凯恩》（*Citizen Kane*）；3.《一个美国人在巴黎》（*An American in Paris*）；4.《学生王子》（*The Student Prince*）；5.《罗马假日》（*Roman Holiday*）；6.《赤胆屠龙》（*Rio Bravo*）；7.《迷

魂记》(*Vertigo*);8.《美人如玉剑如虹》(*Scaramouche*);
9.《控方证人》(*Witness for the Prosecution*)。

二

　　大家确实是很少出门了,"五一"假期将至,待在家里
也是上策。在家里看碟以重温旧梦是个不错的主意,好在现
在碟片多多,大可以随心所欲,随己所愿。春节期间到处买
碟,一位朋友说,你哪来那么多时间看碟?孰料话音未落,
世事即已出他所料,这大把的时间说来就来了。

　　其实在家看看书也不错,书里该有更多的旧梦可寻。我
想的是,找出几本早年的旧书,篇幅不要过大,内容不要艰
深,只求好玩有趣。网上有人说如今最该读《鼠疫》和《霍
乱时期的爱情》,我不以为然,还是让心思走远点。"非典"
当前,肉身当然需加倍呵护,心灵却可以摘下"口罩",去
往日岁月中呼吸温馨空气,实在不必自添焦虑。我学李欧梵
教授的样子,在书架上挑出几本准备重读的旧书,"公诸

同好"。

1.《笑傲江湖》。金庸武侠最适合消磨时光。20世纪80年代我们初识金庸时的"老版本"现在不好找了（当然最好能翻出来），北京三联的那套"金庸作品集"是眼下的上佳选择。我也看过几部改编的电视剧，总觉不过瘾，只记住了一句歌词："江湖儿女日见少。"不过现在又多了起来，金庸先生前几天说，与"非典"作战的医务人员堪称"侠士"与"女侠"。"五一"劳动节之际，向他们致敬！

2.《古代诗歌选》。还记得那套20世纪80年代初重版的《古代诗歌选》吗？小小的开本大大的字，雅致的封面，短短的诗句，浅浅的注释，还有彩色的插图。

3.《西湖梦寻》。明人张岱是小品圣手，此书追记山水，睹物思人，文字美妙，最堪做寻梦之助。

4.《写在人生边上》。钱锺书先生的《管锥编》一时半会儿看不完，这本书里的十篇小品不仅容易读完，更值得一读再读。人活着需要智慧，需要幽默，需要自嘲的功夫和出世入世间的分寸。当然，再读一遍《围城》也是好的，多么好玩儿的书啊！杨绛先生的《将饮茶》也堪重读。这一对老人的智慧端的是常人难及。

5.《自己的园地》。周作人先生的最佳散文集之一。读知堂文字，心里能静如止水。眼下我们的心真需要沉静下来，听他谈谈五花八门的"杂学"。老版本是钟叔河先生20世纪80年代的贡献，新的则有止庵校订的《周作人自编文集》。

6.《晚饭花集》。好的故事，好的文字，好的心境，三者常常难以碰面，可是汪曾祺先生这本20世纪80年代的小说集就把它们全招了来。我们很难再见到这么精纯的白话文字了。

7.《澹定集》。20世纪80年代初孙犁的散文集。可爱的是文字，还有开本。那个年代的小开本真书香四溢，捧在手中，如老友晤对。百花文艺版的这套小书中还有贾平凹的《月迹》，当年很是喜欢。那时平凹的心中还没有"废都"。

8.《乡愁的理念》。董桥的文字融古今情趣、中西学问为一炉，需细品方能得味。其实他新出的《从前》最适合这些天读。南洋、伦敦、香港、台北，过去的人事、情事、物事一一道来，情怀够老，文字却是一番新面貌。

9.《伊利亚随笔选》。如果要读外国的从容沉静的散文，当然就要读兰姆的了。三联版的这册选译本，已出版了十几年，迄今仍无译本可以替代。百年前的原版兰姆散文我在伦敦买到了，可惜读不懂，也懒得去查什么英汉词典了。

三

就说这九种，"九"是中国的"吉祥数字"，也是"至高至大"之数，寓有"长久""圆满""永远"诸意。迷信不能要，好的"意头"无碍大局，要也无妨。

突然想起，读几本旧书可以重温旧梦，整理整理自己的老照片也有趣得紧。我想起早年的一张毕业照。当时流行衣领处点缀白色的口罩绳，我于是到处去借口罩，让自己有个时髦的"道具"。眼下口罩不再是"爱美"的道具，而成了"保命"的工具了，什么稀奇古怪的样式也都出来了。真所谓"抚今追昔，不胜感慨"。

再次祝大家平安。

原载 2003 年 4 月 26 日《深圳商报·文化广场》周刊

在 SARS 列车上自我隔离

一

近来媒体上经常寻找某次列车或某个航班的乘客，说他们乘坐的车厢里或机舱内有人感染了 SARS 病毒，所以大家都有必要在家量量自己的体温，或去医院做必要的观察。看见这样的消息，我就会想起心中时刻在涂抹的飞速发展的画面。

除了地球自转、公转的速度没有变化以外，所有装载生活的列车如今已经快得不能再快了。地球上到处是这样奔跑的列车，列车上到处是还嫌速度太慢的人，速度成了衡量一切的标准，而乘客心里的速度更比列车的速度还要快。也有人想慢下来，觉得如此匆匆地生活难免失去了生活的乐趣。可是列车不减速，乘客想把速度减慢太困难了，于是有人就飞身从车窗跳了下去……

突然，列车减速了，急刹车了，因为比列车还快的SARS病毒来了。所有的乘客都有些惶恐，有些眩晕，有的咳嗽，有的发烧。他们得知，生活需要变一变：手要经常洗，发烧要警惕，出门需戴口罩，最好待在家里，特殊情况下，必须隔离……

二

我不是幸灾乐祸，我真的觉得SARS病毒夺去了许多无辜的生命，但也有可能"拯救"更多人的生活。这些天我常常在想，隔离也是生活的常态。这么多年，我们生活的目标都朝向"聚集"，仿佛那才是生死以外唯一值得的事，孰料物极必反，现在也许到了隔离的时候了。生活也该有四季变化的，不可能永远是酷夏，也会有严冬。到了冬天，人们就关紧门窗，躲在家里避寒，或围坐在炉火旁看看书，聊聊天，想想过去的盛夏深秋，再想想明年早春天气里什么花又会抢先开放。冬天就是隔离的季节，现在我们就在过这个冬天。仔细一想，没什么不好。隔离状态下，生活才会慢下来，我们才会想起许多一直想做而没做的事，才会觉得以往一味风驰电掣的生活终究是少了点什么。

这些天，我抱着这样的心态，在感染 SARS 病毒的生活列车上，悠然过着自愿隔离的生活。

三

酒吧里仍然有朋友们的聚会，但比原来少了，我参加得更少了，这很好。在家里的时间一多，许多念头都会陆续苏醒：该动笔写那篇文章了吧；那套没看完的书该重新捡起来了；很长时间都没想她了，该把当年的信找出来，读一读，想一想；书房有半年没清理过了，窗帘也该洗了；床的位置不妨调整一下，东西向睡得时间太长了，换成南北向试试？

笔墨纸砚早准备齐了，颜真卿的《多宝塔碑》也仰望了多少回了，动手练起来吧……

手机很少响了，东西南北莫名其妙的朋友也减少了来往，这太好了。当初常常埋怨朋友太多，手机太烦，无谓的应酬太频，时间浪费得太傻，SARS一来，一切迎刃而解，连拒绝的理由都不用编，你就成了没人理的人了，真是"人算不如天算"。万一有人胆敢呼朋唤友，逼你加入，你只需说"我咳嗽"就万事大吉了，正所谓"咳嗽一声天下白"，公子从此有了公鸡的本领。

旅游业的严冬也来了，挺好，闹哄哄的旅行团不再糟蹋所谓"景点"了，牛哄哄的开发商也用不着以开发为名毁掉真迹去"仿古"了，大家各就各位，天籁终归安静，我正可以书房卧游，省得像只狗一样由导游牵着上天入地了。

书嘛，倒可以照买不误。平时总嫌书店里人太多，像集贸市场一样人声鼎沸，搞得淘书的心思乱如麻。现在书店里清净了，在那里乘凉的人少了，新书污损得轻多了，买书的心情因此从容许多。前几天去一家书店，见服务员都戴口罩，我从内心深处觉得，因为 SARS，我再也不用听她们说一些没头没脑的废话了。

偶尔出去吃饭，心情也好多了。服务员比顾客多，她们寂寞啊，你有事，她们服务，你没事，她们创造出事来也要服务。哪像从前啊，她们像蝴蝶一样穿行在划拳行令的峰谷间，任你千呼万唤她们也听不见。

这样的"隔离"，让生活恢复了原貌，不幸中大有值得庆幸之处。我相信，如果 SARS 是上帝制造出来的，那肯定是他老人家不满意人类生活竟变得如此不堪，"仁心一动"，SARS 即冲锋陷阵，必得"改善"人类生活节奏和质量而后快，且不达目的誓不罢休。

四

那些深受 SARS 之苦的人们值得同情，那些因 SARS 而死的人都会升入天堂，而 SARS 给生活带来的变化值得活着的人深思和珍惜。生活列车本没有必要这么快的，人是常常需要自己的空间来"隔离"一下的。

现在的隔离基于人们对病毒的恐惧。我担心的是，一旦宣布瘟疫已过，警报解除，我的生活列车又会风驰电掣起来。我想该给自己寻找一个新的恐惧，以延续目前的隔离状态。无所畏惧的日子尽管豪情万丈，终究难逃单调乏味。我该恐惧点什么好呢？趁着 SARS 尚在，疫情未消，隔离还将持续，我得赶快想出答案来才是。

原载 2003 年 5 月 3 日《深圳商报·文化广场》周刊

陈思和登上了"何妨一上楼"

一

上个月最后一期的《文化广场》上,我在《眉批一二三》中写的是《不妨就在家里,找本旧书,重温旧梦》,后来见许多读书网站和专刊也都不约而同地鼓励人们在家读书,连新闻出版当局也开列了推荐书目,心里无端高兴了半天。SARS 临头,性命攸关,在家读书,正是利人利己的好事。或者,社会因此书香更加浓郁,无数读书种子纷纷破土而出也未可知。老说"坏事"会变"好事",SARS 如能激发出我们更多的读书心思,开始改变以往颠三倒四的浮躁心态和胡吃海喝的生活方式，也就不算一点儿"功德"没有吧。

能激活往日的读书记忆也是好的。假期整理书房，翻出几本 20 世纪 80 年代初期买的书，我于是想起二十年前的读书岁月。那时哪里分辨得出什么经典与流行，能到手的书一律狼吞虎咽，连大大小小的杂志也不放过。那时的文学杂志真多，卖得也真火，发行量动不动就是十几万乃至几十万。这会记得起来的有《当代》《十月》《收获》《人民文学》《萌芽》《小说选刊》，等等，还有大家抢着看的《作品与争鸣》。

当然还有《上海文学》。

二

可是，新任《上海文学》主编陈思和说，现在的《上海文学》发行量只有 7000 左右了，"实在是有愧于它的历史和地位"。他说，《上海文学》的前身是《文艺月报》，已经有半个世纪的历史，老作家巴金、唐弢、魏金枝、李子云、茹志鹃等都在这里耕耘过，"1977 年以后，《上海文学》已是一份面向全国的重要文艺杂志了"。他说阿城的《棋王》就是在《上海文学》首发的。

如今纯文学杂志似乎正淡出读者的视野，"市场铁律"惹得不少当年的豪杰离开走惯了的坦途，或者杀入绿林，或者窜到床上。黄金时代不再，陈思和的分析是，社会对文学的关注少了，经济压力增大了，网络文学又兴起了，许多文学杂志于是惊慌失措，纷纷改头换面，拼命向市场靠拢。陈思和不想走这条路。他说文学需要创新，文学需要理想，他还说文学需要民间立场。他坚持"文学创作是人类精神飞翔的哨音，哪一天人类精神不飞翔了，文学也就死亡了"。他希望文学能在日常生活中"寻找一种健康的精神力量"。

任何形态的社会里，纯文学都不应该销声匿迹。然而即使在健全的社会中，纯文学也不可能永远大红大紫。不管身处什么样的经济体制，也总需要有人坚持文学的"纯粹性"，而不是一窝蜂去搞"性纯粹"。20 世纪 80 年代文学作品与杂志的风起云涌，其实是因为读者久旱之后的饥渴，是因为多年的无可选择突然变成了多种选择，也因为文学在那时承担起了反思"伤痕"、干预社会、破历史坚冰、开现实新路的功能。这许多功能今天都由其他形式代替了，"读者市场"细分成这儿一群、那儿一伙了，纯文学于是更像纯文学了，陈思和面前的路因此就显得格外难走。好在他们已经想出了一些办法，比如将杂志和大学结合起来办的思路就相当新颖。

三

前几天，中时《开卷》周刊介绍了台北一位漂亮的书店女主人，名叫文自秀。她自幼爱读书，长大学的却是艺术行政、行销管理之类，毕业后多年在商海摸爬滚打也很成功。她在两岸飞来飞去，生意之余迷上古旧书籍，对京沪旧书店熟得不得了。突然有一天，她决定在台北开书店，专卖大陆新书旧籍。书店的定位很有趣：1. 先卖自己喜欢的书，不管有没有人买；2. 书店也是书库，找租金低的地方可以多放一些；3.赚钱不算最重要，要紧的是享受给读者找书的乐趣。书店起名"何妨一上楼"，文自秀希望朋友们能偷得浮生半日闲，何妨一上楼聊天，高兴了顺便买本书。某日有钱人上楼，一进门就嚷嚷着要什么什么，全是气势凌人、财大气粗的模样。临走时，文老板对那人说声谢谢，又说了句石破天惊的话："下次请不要再来了。"

陈思和"身兼数职"之外又挑起《上海文学》主编一职，登上了杂志社办公的旧时爱神花园老洋房的三楼，那也正是"何妨一上楼"。以后的日子里，他每天都会看到，多变的市场导向时时在和不变的文学追求拔河，要想不输，文自秀给书店的三条定位原则也许有些参考价值。万一遇上"货不对板"的人，他也难免要说"下次请不要再来了"，谁都上楼乱嚷嚷，这文学要纯粹起来也难。

原载 2003 年 5 月 10 日《深圳商报·文化广场》周刊

谁忍心说李青萍的命运"众所周知"

一

电视里放了一个专题片，题为《新凤霞的故事》，我看了，心中又生出些悲凉。说到新凤霞在反右派斗争、"文革"时的遭遇，画面一闪而过，解说词也只一句，大意是：由于众所周知的原因，新凤霞受到了冲击。真是时光如闪电，弹指一挥间。如果历史上那一段岁月真的曾这么一"闪"而过、一"挥"而就，那可是太好了。然而，对许多过来人而言，那长长的二三十年何曾如此迅捷过？

我于是想到李青萍。鲁虹的文章里说，20世纪30—50

年代，李青萍是红极一时的画家，相貌也出众，有"中国画坛一娇娜"的美誉，徐悲鸿还为她的四卷本画集作序，勉励她"艺术第一"。另有资料说，李青萍是徐悲鸿的女画友，与陈嘉庚、胡文虎等侨领并肩从事过抗日活动，与郭沫若也有交往，先后在北京、上海、天津、武汉、南京、重庆、香港、台湾等地办过画展，是那个年代中国不多的蜚声中外的油画家。她甚至谢绝了有情有义的男友的爱情，矢志终身不嫁……

这样一位画坛女杰，1951 年之后突然销声匿迹了，画坛没人再见过她的画，没人知道她在哪里，没人说得清她是死还是活。直到 20 世纪 80 年代，她和她的画再次闯进人们的视野，立刻惹来一阵惊呼。鲁虹说，近二十年前他刚刚看到李青萍的画时，完全想象不到一个七十六岁高龄的老太太竟能画出如此现代且如此高水平的画，连许多新潮抽象派美术家也比不上她。

二

　　鲁虹文章的原题是《冷冻后的复苏》，我嫌这几个字的分量过轻，轻得像用滥了的"众所周知"，于是改成《她的故事世间少有》。又觉得这样的故事未必就少，思来想去，想不出什么样的语言能传达出李青萍悲剧命运的多重消息。最后想起"以少胜多"的法门，干脆拟题:《她！》。

　　她这悲剧命运的原因自然也和新凤霞一样，只是这原因之中的因因果果，却未必人人知道。世间的事情往往是这样:越是认为众所周知的，其实知道得越少，就像经典名著，书名都耳熟能详，书中人物的形象如在眼前，我们还以为自己全都读过了，其实没读过几本。有太多的事情，我们是无法给出答案的。

　　我们现在知道了，三十多年间，李青萍一会是"特嫌"（特务嫌疑犯），一会是"右派"，一会是"反革命"；她遭管制、挨监禁，历经一次次的抄家、一场场的批斗；她丢了工作、失了亲人，孤苦无依，贫病交加，靠卖冰棍、捡破烂为生，走在街上谁都可以往她身上吐口水。我们还知道，三十年间，她从来没有停止过作画：颜料是垃圾里拣来的，画布是废纸盒拼凑的，挨斗的时候手就在背后空空地画，打翻在地时就找根木棍在沙地上画……

可是，我们不知道她的心里到底有多苦，不知道油画怎么会有这么大力量能让她忍过这三十多年漫漫的长夜，不知道过去、现实和未来在她眼中幻化成了怎样的一幅图景。我们甚至不知道，已经20世纪80年代了，她的画展也成功了，国务委员也批示了，为什么还有人敢说她是"特嫌"、不让媒体报道她，嚷嚷着要"降温"。鲁虹文章中说是"人为的原因"，此话说了等于没说，岂止是"人为"，根本是"人祸"！可为什么"人为的原因"频频能"为"出"祸"来？

如今李青萍年事已高，重病在身，画不动了。好在她的画终究没让历史的烟尘遮蔽，她这个名字近来也经常有人提起。收藏家们还喜欢说"发现"了李青萍。说什么"发现"，李青萍还用得着"发现"？她早就名动四方，她也一直没有消失，应该说"还债"才对！

三

这几天，我一直艰难地查寻关于李青萍的资料，也去了几个大的搜索网站，都没搜出什么有价值的东西。她依然默默无闻，无论是在书中还是在网上。我想我该去问问李世南先生。鲁虹说，20 世纪 80 年代，李青萍想办画展，托她没出过远门的弟弟去省城求人，李世南和武汉的一批著名画家都为她说过话。

对了，世南先生，前些日子，我在这里写文章公开向您索要"钟馗"，昨天您用特快专递寄来的"钟馗"我已经收到了，画中那个威风凛凛的钟馗我喜欢，您题的"长剑横九野"我心领神会。谢谢您！您看，今天说李青萍的事，说着说着，文字就有了点儿火气，眼见离你笔下的"高僧"境界越来越远了。我这心中依然有"鬼"，似乎已经"众所周知"，你的"钟馗"来得正是时候。

原载 2003 年 5 月 24 日《深圳商报·文化广场》周刊

附:

读者说"广场"：雨中"广场"漫步

我偏爱《文化广场》上的人物，因为人始终是广场上的灵魂，在这里我看到"名士"们朴素而精彩人生的浓缩。老"名士"们的那些老照片，看上去有些斑驳，但闭上眼睛，我似乎闻到了那久远年代被尘封过的味道，又仿佛置身其境，碎片就在眼前，一伸手便触摸到了。

《书评》是《文化广场》中的一面旗帜。起先我有些误会，以为《书评》就是一些所谓的文艺评论家在挑挑拣拣、指东道西，其实不然。我初次读的感觉就耳目一新，颇受用，像《书观点》《书故事》《书选萃》就不死板、很时尚，可见编者的匠心独运，他们着实费了一把力气。其实《文化广场》上这样的旗子应该多几面，比如影评、剧评之类，那么"广场"就会五光十色起来了。

人似乎很容易怀旧，这不，"广场"中央就荡漾老的旋律，一首"那年那月"弹唱得朴实情切，共鸣是自然的了。

"广场沙龙"的其他角落也姿态万千，严肃的、诙谐的、纯真的、流行的……真是个酸甜苦辣百味瓶，东西南北四季风哦。

最后读《新观察》是我的习惯，《眉批一二三》则是最后的最后。相比之下，《新观察》更像一面镜子，折射出所行、所观、所思、所忧。我不晓得"新观察"名字的由来和意义，于我而言，感受和体验明显多于观察。《眉批一二三》是我青睐的。所谓眉批，概括议论也，故我一般不先看，主要不想有潜在的东西左右下面的视野，反过来我想通读后回头再以审视的目光去评判它。

大漠孤烟

像她这样的一个爱书人

一

深圳书城的几位老总上个周末约了几个人聚谈，话题是"我心目中的书城"。我很佩服他们的肩膀，却又担心他们的耳朵。有多少读者，就有多少"我"，"心目中的书城"因此绝不一样。每个人都自说自话，话题也就越滚越大，老总们肩上的担子不沉重才怪。既然是谈"心目中的书城"，那就肯定不是现在的书城这个模样，那就必须说说现在书城的毛病，如果越说越多，他们的耳朵是否受得了？

现在的书城虽说还算不错，但毕竟距我"心目中的书城"还有几站路。我对几位老总说，书城的优点我能脱口而出——"大而全"；它的缺点我也了如指掌，能说得很细很细。比如最近你们又把三楼书籍的摆放格局调整了，原来的"外国文学"区突然变成了"中小学课本"，我这"老马"还自以为"识途"，结果到了地方才发现误入了"歧途"。我知道这其实是买书人的"毛病"：总希望自己喜欢的书安静地等在哪个角落，你闭着眼睛也找得到约会的老地方。书城经营者求新求变，"与时俱进"，岂能是错？不过，书城既然是给买书人办的，那买书人的"毛病"也得适当考虑，光在大门口测测体温是不够的，书店本来就是爱书人的"医院"，你的"医生护士"走马灯似的换来换去，我一旦"干渴不止"又该如何及时救治？

那天我"旧病复发"，再对原来坐落在国贸大厦对面的"深圳古籍书店"的消失大表不满。我说将要开张的中心区书城也好，南山书城也好，如果还不找个相对独立、安静的地方好好安顿旧书古籍，那就算不上"我心目中的书城"。

二

　　她心目中的书城是什么样子的？我只知道她喜欢和旧书店打交道，不太喜欢新书僵硬的纸版封面和惨白的内页纸张。她喜欢光可鉴人的皮装封面、古雅的烫金书名、秀丽的印刷铅字、米黄的厚实内页，说这样的书才迷人，"光抚摸着就叫人打心里头舒服"。

　　我说的是海莲·汉芙，美国的一位女作家。自 1949 年开始，她和英国一家旧书店经理通信，缔结了一场持续二十年的"书缘"与"情缘"。她和书店经理法兰克·铎尔很谈得来，两人信中你来我往的对话都成了迷人的"书林佳话"。这些通信后来结集成《查令十字街 84 号》出版，在英美畅销不衰，去年台湾也出了中译本。二十年间，他们时时都想见见对方，互致谢意，可是命运没有给他们机会。如今他们都已去世，让天下爱书人空留遗恨。

　　只把书当"工具"的人肯定觉得汉芙"有病"。她的买书原则就大异于常人。她说她着实喜爱前人翻阅过无数回的旧书："我从来不买没人读过的书——否则，不就像买了一件没试穿过的衣服一样的下场吗？"一旦发现到手的书中有前主人悉心翻阅的痕迹，她就很高兴："因为一打开书页，在某几个特定段落，冥冥之中似有前任书主的幽灵引导我，领我来到我未曾徜徉过的优美字句中……"

像她这样的爱书人并不少。他们喜欢旧书，也很在乎书长得是否标致。"在它们之间穿行，我心惊不已。那封皮、那颜色、那纸香令我又感动又伤心，觉得这个世界真是好得让人舍不得死。"这是前几天"闲闲书话"论坛里一位叫"管风琴"的网友说的。"市面上的新书没什么意思，不管怎么花哨，永远像没文化的新贵。仅仅做工精致、典雅是不够的，它们得经历过了书主的悲欢沉浮才有些醇厚的味道。"她又说。

三

锦涛、春华、王方诸位书城老总，像这样的爱书人你们一定见到过不少。对对对，书城当然是为所有读书人服务的，但是不应该有个独立的空间给这样的爱书人吗？还记得那天我说新书城应该隔成一块块相对独立的空间，让不同需求的读书人各得其所吧！听着，我刚读了一段话，现在开念："即使是大型的综合书店，内部格局也曲折回旋，每一区块往往是封闭的、隔绝的，自成洞天，毋宁更像书籍层层架起的读书阅览小房间，而非卖场。"这是台湾一个评论家的话，说的是伦敦查令十字街，那里可是全球爱书人的圣地。哈哈，果真是英雄所见略同。

说得"文青"一点，"心目中的书城"应该像读书人的"家"，而不是闹哄哄的农贸市场。等到读书人不再说"你们书城"而喜欢说"我的书城"的时候，你们的努力才算到家了。告诉你们，汉芙就把法兰克的书店当作"我的书店"，她把铎尔当作家人，说起话来毫不客气："法兰克，漫漫冬天眼看着

· 71 ·

又要来了，我兼差帮人带小孩时可不能闲着，所以，急需读物！———快！起身！动手！找书！寄来！"（相关文章刊今日 C7 版）

原载 2003 年 5 月 31 日《深圳商报·文化广场》周刊

附：

读者说"广场"

寻找多种营养

刘家科的散文能够被《深圳商报》（2003年5月17日《文化广场》）发表和评介，这让人看到报纸编者的另一种眼光。作为一座中国现代化建设的前沿城市，深圳不缺少时尚，也不缺少另类。报纸的这样一个举动，我想不应该看作是为市民的餐桌摆上的一碟采自乡间的野菜。它甚至也不仅仅是一种调味品。我要说，乡村散文的基本成分中，正含有城市居民的膳食所必需而又缺少的那种营养元素。

刘家科的散文《骂街》，当初在《文艺报》发表时我就读过，这次又读到了他的《〈骂街〉补遗》。初看题目，让人觉得好像这篇文章只是为前一篇文章增补一些小零件而已。待细读之后，才发现这篇文章论容量，比《骂街》一点儿也不小；论文笔，比《骂街》似乎更悠闲，更沉得住气，也更干净洗练、幽默风趣，给人一种千言万语

"慢慢道来"的感觉。读着它，如同透过落尽满树叶子的树冠去观望晴朗的天空那样，让人享受到"不施粉黛"的直接和通透。这篇文章常常把最乡土、最生活化的日常口语和抽象的、书面的科学用语熔为一炉，使叙述文字更加准确，更加到位，充满了张力。请看："骂糊涂街是最野蛮的骂街，因为骂的是虚指的对象，不会有人出来拾骂，因而就骂得毫无顾忌。其实细分起来，骂糊涂街也有另一版本，那就是'野蛮加想象'，把直白的骂变成多角度的剖析与比喻，用骂调动你的想象力，收到强烈感染的效果。"

依我看，这篇《〈骂街〉补遗》叫现在这个名字有点儿委屈了它，而应该叫《骂街之二》才更为合适。

姚振函

睡梦中还逃不掉的这场梦

一

老兄：

你这不是帮忙，而是添乱。电话里说为女儿高考你专门请了三天假，准备专车接送，专职做饭，专心服务；又动员全家上下，团结一致，众志成城，迎战高考。你简直把高考当 SARS 了嘛！我看你就省点心吧。SARS 阴影日渐消散，今年高考如期举行，实在值得庆幸。你的宝贝女儿一向聪明，成绩也不错，眼下关键是让她保持好的心态，发挥出正常水平。前一阵子，你还到处大讲愉快的心情能增加 SARS

免疫力，如今你全家如临大敌一般，一副严防死守模样，你就不怕女儿压力太大，过度紧张，发挥失常？

想着自己的孩子就要迈进考场大门，你的心空空的，乱乱的，落不了地，这我理解。说句实话，你这时的心情肯定比当年咱们进考场那会儿紧张多了。我还不知道你？那年是你一个劲地劝我别慌，沉着。你长我几岁，顺口乱说的话对我还是有用的。等成绩出来，一看我数学考了8分，你哈哈大笑，说我心理素质太差。这你就错了，考语文什么的，我还真有点头顶冒汗，就这数学，不是吹牛，我一点儿也没紧张，本来就不会，怕它个头？就那8分我都不知道怎么来的。

拍拍孩子的肩膀，说一句"你肯定行的"，就可以了。如果她还紧张，你就把她胡叔叔这"数学8分"的英雄成绩宣传一下，对缓释她的紧张情绪兴许有点用，呵呵。

二

　　还记得吧，十几年前，咱们酒桌上争论能否用一个字准确描述中国的高考。你说那绝无可能，说那是一本大书、一套丛书也未必能说得清的事。现在高考又来，想起当年的话题，我觉得有一个字也许能担当此重任。

　　　　　　　　　　　梦

　　是美梦，是噩梦；是红色的梦，是黑色的梦；是梦开始的梦，是梦幻灭的梦；是生命力极强的梦，是繁殖力极强的梦，是传染性极强的梦，是继承性极强的梦；曾经是走出黄土地的梦，冲出穷山沟的梦，吃"商品粮"的梦，端"铁饭碗"的梦；又往往是在村里为爹娘争脸面的梦，在单位为爸妈争口气的梦；是和"比赛"有关的梦：赛分数，赛名次，赛运气，赛学校，赛现实的背景和将来的前程……现在依然是梦：梦名校，梦留学，梦创业，梦富豪，梦 MBA，梦 CEO……

你相信吗？经历过高考的人经常会做一个相同的梦，这个梦的主题词就是"考试"：没完没了的考试。一会儿考中，一会儿落榜，一会儿又在找工作，一会儿又是那道题怎么做都做不出来……高考这场梦多年来负载的东西太多了，所有走这条路的人都曾经气喘吁吁。按说毕业了、工作了、成家立业了，也该睡个香甜觉了吧，可还是逃不掉那场梦。唉！做个梦都没什么创意：一味的考试，累死了！

三

知道我们《周末生活》发起高考征文后，你表示自己要写一篇，如今也没看到你写半个字，可见你动口不动手的毛病未改。你电话里发表的对征文的见解倒是对的：该让现在的孩子知道过去的高考是什么样的，他们因此会知道现在的高考有了多大的改进。你说现在的"独木桥"宽多了，"黑色成分"淡多了，选择的余地也大多了。你说你虽然还是免不了为女儿担心，不过也为她感到幸运。这些都对，我不和你争，但是我坚持认为，教育改革的路还远着呢，高考这场梦的分量对孩子们而言还是太重了。

这几天我读征文稿件，知道了很多高考的老故事。原来20世纪60年代的高中也曾大做模拟试题，老师也争相猜题押宝，考生也竞争激烈。只是那时决定考试命运的不仅仅是分数，还有家庭出身，还有阶级斗争。如今决定考生命运的又是什么？是素质教育？那天我电话里说了一句话，好像你听了不太高兴。我说素质教育实行起来有障碍，"绊脚石"之一就是你这样的家长。你想想看：前年你女儿的学校一"减负"，作业留得少了，你竟然去找老师论理，说人家不负责任。都像你这样，高考梦的分量如何减得下来？

不瞒你说，愿意讲自己高考故事的，大都是落榜者、失意者、险中求胜者、屡败屡战者或家庭出身贫寒者。他们为高考付出的青春代价，在心里"风干"成了又尖又硬的"化石"，一碰就格外的痛。高考曾是他们唯一的希望，高考对他们的伤害也因此难以抚平。你不妨研究研究高考与弱势群体的关系，等有了结果告诉我。对了，你不是说等你女儿接到入学通知书后请我喝酒吗，我就等着在酒桌上听你的宏论。（相关文章刊今日 B3 版高考征文特辑）

原载 2003 年 6 月 7 日《深圳商报·文化广场》周刊

和哈耶克一起跳舞

一

听说伦敦新近开了一家"伦敦评论书店"。开店的人明知新书旧籍市道不振，查令十字街众书商正惨淡经营，偏偏知难而上，"顶风"卖书。书也卖得奇：不强调卖什么，而是强调不卖什么。店主人选了几类自己看好的书，品种求全，品相求好，其余种种，一概弃之不顾。名称中的"评论"二字倒也容易解释：选择什么，不选择什么，本身就是观点，是立场，是评论。

说来这也算不上什么独特，"大而全"的经营模式很难适应当今日益细化的市场需求，靠一家店"包打天下"的时代早就无影无踪了。不独卖书，似乎所有面向市场摸爬滚打的机构都难逃此"定律"的约束。即使是办一个专刊，就说办《文化广场》吧，也一样。

《文化广场》复刊已十几期，与读者、市场、时尚的磨合期未过，风格的探求之路尚远。现在急需考虑的，或许不是该登载什么，而是不该登载什么。许多读者对我们每期的"封面专题"感兴趣，我因此知道，舍弃那些互相吹捧的书评是对的，和"市场热点"的炒作战场保持距离是对的，退回又长又空的文章是对的，冷眼面对不知天高地厚脸薄为何物的所谓"名人"是对的，拒绝一味感动、感伤、感悟、感慨、感怀、感性的"软性文章"也是对的。有了这些"拒绝"，版面才会有足够空间去做有价值的专题，许多我们不该忘记的人、不该忽视的书、不该遗失的话题，才有力量在我们的视野中清晰重现。

我喜欢把一个专刊比作一个舞场。灯光暗下，音乐响起，你见舞伴就跳，谁的舞也伴，什么曲子也逼着自己翩翩复翩翩，如此你兴许赢得"模范舞伴"美誉，可是你的舞姿难以美妙，你的舞伴未必惬怀。要想酣畅地跳一曲，你就不能想着给所有人伴舞，合适的舞伴、钟情的舞曲、领舞的姿态才是关键。

当然，自己的舞跳得好是"重中之重"，可是真要跳得好又难上加难。

二

说"难"，往往很难说，因多有不足为外人道的缘故。说说容易的事，本期"哈耶克专题"，是做起来很舒服的那一类，也就是有些容易，原因是有了网络。先是在虚拟的论坛上知道新出了《哈耶克传》，然后就去现实的书城里买回这本书。看了书，就想找评论，于是重回网络"打捞"译者秋风（这算是俗话中"打秋风"的网络版）。秋风不仅答应写了，还约了薛兆丰一同出场。编辑再去找"丰兄"逼稿。编辑再杀回到"哈耶克专题"网站搜罗背景资料。几番虚拟与现实之间的出出进进，一个颇有分量的专题就成形了（面对无孔不入的网络，传统媒体中的人如果继续故作镇静，视而不见，那可真当得起一个"傻"字。为了表示我们不傻，《文化广场》前几天开始和一著名网络社区合作，展开虚实之间的互动之旅）。如果你原来不是特别熟悉哈耶克其人其书，读读这个专题，也就略识能够进出哈耶克思想王国的门径了。许多闯江湖的"学人"现在喜欢把哈耶克挂在嘴边上，这个专题因此又有了"剩余阅读价值"：能帮你不轻易上他们的当。

三

哈耶克是20世纪最伟大的思想家之一，他深信"只有观念才能战胜观念"，而自己的观念要想取胜，就得广为人知。他知道20世纪40年代英国最为人关注的重大问题是什么，《通往奴役之路》恰好就把解决这一问题的"旋律"谱写出来了。他也知道他的"舞伴"是敏锐的知识分子和政治人物，所以他精心选择书名的措辞，甚至在两个近义词之间做发音上的推敲。他特别讲究文字风格，一遍一遍地朗读，反复修改。结果，书在英国一出，立刻轰动，首版 2000 本几天内销售一空。他希望他的书能占领美国"舞台"，写作期间就开始联系大西洋那边的出版社，一番峰回路转的曲折之后，此书在美国大受追捧，供不应求，"成为美国乃至全球最伟大同时也是销量最广的非虚构类著作之一"。

哈耶克思想"舞技"高超，"编舞、伴舞、领舞"水平同样大有可观，够我们学一辈子的了。克林顿夫人希拉里也是善舞之人，这几天她的回忆录正全球热卖。听说出版商开机就印 100 万册，美国首发日就卖出了 20 多万册。希拉里的版税更高达 800 万美元，当真是乖乖不得了，哈耶克比她可就逊色多了。可是，《文化广场》的读者应该是喜欢"用观念战胜观念"胜过喜欢"我真想掐死克林顿"，所以这期专题的"舞伴"，我们选哈耶克，不选希拉里。

原载 2003 年 6 月 14 日《深圳商报·文化广场》周刊

"接生婆"不好当啊，钱先生！

一

　　早就知道杨绛先生新著《我们仨》要出版了；早就摩拳擦掌要做一个漂亮的钱锺书、杨绛专题了；早就说好这个星期四出版社将给我们传来新书书影和八千字的文稿了；早就盼着星期四了。

　　星期四来了。就星期四孤零零地来了，别的什么也没来。说实话，我真的很愤怒！

　　后来一想，何必呢？国与国之间的条约都有不算数的时候，高高在上的高官也有堂而皇之骗人的时候，跟出版社的口头协议又何必当真?

可是我们已经无法回头了：专题一定要做，要做一定要做钱锺书！空空的三个整版版面总是要吃图片和文字的，大"白"于天下肯定是不行的。

于是我北京、上海到处求援，结果却都是没有结果。北京的冠生兄去了那家出版社的总部"探营"，想见的人都没见着。上海的子善兄理直气壮地问："我书都见不着，你让我说什么东西，对不对?"上海的安迪家里电话从早到晚总是留言机在值班……我恶狠狠地给他留了几句话，突然有个胆大妄为的冲动，如果那个发明留言机的人在我面前，我会像希拉里对克林顿说的那样，我要掐断你的脖子！希拉里也就只说说气话而已，我要真动手。

二

阿弥陀佛！晚上九点多，安迪懒洋洋的声音从天而降："你搞什么名堂啊，心急火燎的。"

哒哒哒，哒哒哒……我猛烈开火。为什么不在家里？为什么不配手机？哒达哒哒……

"那好吧。"安迪说，"我见过钱锺书先生和杨绛先生两面，钱先生来来往往的十几封信我还没好好整理过，总是想写但总是没写，那好吧。"

"哈哈！"我说，"别说别说了。放下电话，写，现在就写！起码两千字，最少一千字。"

他仍是不紧不慢："你就别规定字数了，我是得写写了，总是想写……"

三

他写他的，我写我的。翻台湾版《民国第一才子钱锺书》，见其中有杨绛先生2001年10月28日给作者汤晏博士的一封信。汤晏博士老是搞不懂钱锺书1949年为什么没有出国，好像他又问了钱锺书因《宋诗选注》挨批的事。杨绛回信说："钱锺书不愿去父母之邦，有几个原因。一个重要原因是他深爱祖国的语言——他的 mother tongue，他不愿用外文创作。假如他不得已而只能寄居国外，他首先就得谋求合适的职业来维持生计。他必须付出大部分时间保住职业，以图生存。凭他的才学，他准会挤出时间，配合职业，用外文写出几部有关中外文化的著作。但是《百合心》是不会写下去了，《槐聚诗存》也没有了，《宋诗选注》也没有了，《管锥编》也没有了。当时《宋诗选注》受到批判，钱锺书并没有'痛心疾首'，因为他知道自己是一个'旧知识分子'。他尽本分完成了一件工作，并不指望得到赞誉，赞誉会带来批判。批判多半是废话，废话并不能废掉他的成果。所以他心情很平静，还只顾补充他的《宋诗纪事补正》呢。但是钱锺书在创作方面，的确没能够充分发挥他的才华。'发短心长'，千古伤心事，不独钱锺书的创作。"

这倒是在大陆没见过的资料，说不定《我们仁》中还没有呢，用上！

四

凌晨三点多，电话响了。

我说我都写了两千多字了。安迪说，你写两千字，我都写了五千多了！

天！岂有此理！竟有这样的好事？他说，稿子已经电邮给你，你看看。我说你先休息，有问题我回邮件。

他说，我现在要吃饭，一晚上光抽烟了。你十五分钟后给我电话，说说稿子。

我去看稿子，一边看一边笑。钱先生的智慧和幽默再次从无边无际的生命深处传来。我们曾经拥有一个多么有趣的老人啊。安迪提供的内容真是太精彩了。钱锺书逝世后，他的友朋故旧纷纷写回忆文章，到如今，他们连"创造性的记忆"也都开发得差不多了。突然间安迪有了新奉献。我敢说这是近几年最新鲜、最有趣的回忆钱锺书先生的文章了。

电话打回上海："好！谢谢。"我这个专题不仅有救了，而且有戏了。《我们仨》里绝没有这样的故事。

安迪说，杨绛先生写的是"我们仨"，又不是"我们四"，当然没有我的故事了。

五

钱锺书真会夸编辑。安迪的文章中提到，他向钱先生组稿，钱先生夸了他两句之后说："具有如此文才，却不自己写作，而为人作嫁，只忙于编辑，索稿校稿，大似美妇人不自己生男育女，而充当接生婆（旧日所谓'稳婆'）。"

接生婆也不好当啊，钱先生！您还有心取笑我们，您在那边找着您丢了的《百合心》了吗？交给我们首发吧。能发您的稿子，自己不"生男育女"也认了，只要您说话算数！

原载 2003 年 6 月 21 日《深圳商报·文化广场》周刊

附一：

我与钱锺书先生的短暂交往

——《我们仨》出版之际想起钱锺书

杨绛先生在钱锺书先生和他们的独生女儿钱瑗相继去世后，以九十多岁的高龄，写出了家庭回忆录《我们仨》。我迫不及待地等着拜读，不仅是因为钱先生是我从青年时代就景仰的大师，而且我还幸运地与钱先生有过两面之缘，又通过几次信。我曾在一篇文章中说："这一生，如果有这么两次与敬仰的智者谈话，那么所愿已足！"

1."借人之口，所言亦非诚心"

20世纪80年代初，我在上大学期间开始接触钱锺书先生的著作，先是《围城》，再是《管锥编》，对先生的博学睿智佩服得五体投地。1990年，我在旧书店淘到一本徐燕谋先生在20世纪40年代末编写的英文散文选读，书前有钱先生的一篇英文序言。我知道，钱先生和徐先生是几十年的老朋友，徐先生的旧体诗集也是钱先生作的序。当时我正在编《文汇读书周报》，就央求徐先生的学生陆谷孙先生翻译这篇文章。陆先生一口答应，但要我先征求钱先生同意。我冒昧写了一封信到社科院文学所转钱先生。过了几天，收到钱先生的回信，信中说："我少年所作小文，均不值保存，自己亦早忘怀。承寄示一篇，不过其中末例。似不必劳谷孙先生大笔译，所谓'割鸡焉用牛刀'。贵刊并无'稿荒'之患，何至出此填空补白之下策？！"

第二年下半年，我约请上海师范大学的林子清先生写了一篇回忆钱先生在暨南大学时期的文章。为了慎重起见，我把校样寄了一份给钱先生，请他定夺。钱先生在回信中说："子清同志此文实可不写。盛情可感，而纪事多不确实，或出记忆之误，或出传闻之误。遵命删改一下，请子清同志过眼，并请他原谅。回忆是最靠不住的，我所谓'创造性的回忆'。子清同志是忠厚老实人，对于暨南同事中的'人际关系'实况，不甚看透，故把詹、李、方的话也删掉了。"

所谓"詹、李、方"，指的是文中提到的当年暨南大学的教师詹文浒、李健吾和方光焘。钱先生在校样这一段的旁边批道：“都似可删。借人之口，所言亦非诚心，徒扯篇幅。”钱先生不仅把林先生的文章删去五分之一，还在很多段落旁作了批注，如林先生说有一次他看到钱先生在读《胡适文存》，读得哈哈大笑。钱先生删去这段话，在旁边写道：“恐无此事，《胡适文存》我在中学时阅过，到六年前才查一句引文。”后来我把钱先生改定的校样给林先生看，林先生扯着大嗓门说：“我可以对天发誓，钱先生那时看的肯定是《胡适文存》！”尽管如此，我还是尊重钱先生的意见，把那段删了。

2. “天才也不如二十八岁”

钱先生有一次在电话中对一位求见的英国女士说：“假如你吃了一个鸡蛋觉得不错，何必认识那下蛋的母鸡呢？”但是下过《管锥编》这样一只金蛋的“母鸡”，谁又不想见呢？

终于让我逮着一个好机会。1991年秋天，陆谷孙先生主编的《英汉大词典》出版了上卷，因为书名是钱先生题写的，所以我就自告奋勇向陆先生提出，给钱先生送样书。凭词典这块"叩门砖"总可以叩开三里河南沙沟的钱家大门了吧。

　　果然皇天不负有心人，钱先生答应召见。约定时间，我捧着词典来到钱先生家。出乎我意料的是，钱先生不仅没让我难堪，还特别热情地把我拉到沙发上坐下，问我多大。我说二十八岁。钱先生马上说："奥斯卡·王尔德说过，天才也不如二十八岁。"我后来查了不少王尔德的书，也没找到这句话。但我当时就觉得钱先生读书多，学问好得不经意间就会溢出来。

　　钱先生捧着《英汉大词典》，夸陆谷孙先生了不起，可以和萨缪尔·约翰逊媲美。有一篇文章提到钱先生曾把约翰逊的那本词典翻烂了，他说："我怎么看得到那本词典？不过，约翰逊的词典编写得很有趣，如'枯燥'这个词的例句就是：编词典是件枯燥的事情。"

那一年，钱先生已过了八十岁，但精神矍铄，毫无老态。记得我们谈话时，有邮递员送挂号信上门，钱先生忙着找印章，奔进奔出，异常灵活，根本看不出是个八十岁的老人。那天我带了《围城》等几本书请钱先生签名，钱先生一一题词签名盖章，又送了我一本《人·兽·鬼》和《写在人生边上》的合集，但声明这本书他并没有同意再版。

3. "索稿校稿，大似美妇人不自己生男育女"

从北京回上海后，我恭恭敬敬地用毛笔给钱先生写了一封信，寄了几张我给他们拍的照片，也提出邀请他们为《文汇读书周报》写稿。没几天就收到钱先生的回信，夸了我两句后说："具有如此文才，却不自己写作，而为人作嫁，只忙于编辑，索稿校稿，大似美妇人不自己生男育女，而充当接生婆（旧日所谓'稳婆'）。但是我们已无生育能力，辜负你的本领，奈何奈何！"

因为那次去北京时带不了太多的书，我又给钱先生寄了几张纸，请他签名后贴在他的其他几本著作上。钱先生签名后马上寄还，用毛笔附了一封信，说"右拇仍倔强，如老残游记所谓夹生鱼翅也"。

没过多久，我看到报载北京某作家准备写钱锺书传，据说得到钱先生本人首肯。我对这位文化人印象不佳，就写信给钱先生直言我的看法。钱先生回信说："此事并非我'首肯'，只仿佛被迫'低头'。他向杨绛软磨，通过内线，又来软磨我。湖南土谚说'烈女怕缠夫'，我勉强消极地由他去干（与积极地支持或许可还有区别——天主教 Casuistry 最讲究这一点）。反正有另外两位好事者已写成我的传，其中一位还请我在南京的堂弟钟韩审看修改过后，送南京文艺出版社（向我要照片，我才知道，严词拒禁，不知有效否）。我已成为一块腐烂的肉，大小苍蝇都可以来下卵生蛆，也许是自然规律罢。谢谢你的关注。"到今天，钱先生的传记已出版了多种，李慈铭在《越缦堂日记》中评《顾亭林年谱》时说："昔人谓作谱之才，须与其人相称，诚知言也。"这位文化人一直没有写成钱锺书传，看来他还是有自知之明的。

那阵子，我买到几张荣宝斋印制的水印信笺，请我认识的文化人写字留念。我也寄了两张给钱先生和杨先生。但钱先生回信说："我本不善书法，前几年面软主意不牢，应人之请，胡乱涂抹。冥冥之中，已遭天罚。三四岁来，右拇痉挛，不能运用毛笔，多方医疗，勉强可以钢笔作字。足下书法娟秀，而要我献丑，以弗洛伊德潜意识论深求之，不免居心残忍！故我若应命，便为足下增添罪过。寄纸太精妙，若涂抹坏了，是我暴殄天物；若没收了，是我贪黩人财，左右都是罪过。故谨璧还，彼此都清清白白，无可非议。一笑。"杨先生在信末附言："我完全同意钱锺书的话。"

求字碰壁，也在意料之中。这之后，我还在两位先生那里还碰了好几次壁。1992年底，我与几位朋友筹划开一家小书店，想着如果能请钱先生题写店名招牌，一定能增色不少。抱着不妨一试的心情，我给钱先生写了一封信。不久接到钱先生的回信，信中说："奉来信，又给我这个老东西以表现牛性的机会了！上次你寄纸请我写字，我因七八年来右拇指不便运笔，敬谢不敏。为朋友交情，不肯献拙；倒为'企业'的'生意经'写招牌之类，那是'卖友''卖钱'，双重出卖。这是一。我字本不好，七年来因上述缘故，更谢绝了什么成都草堂、南京夫子庙、我故乡劳什子的纪念馆之类题词写联。若看你大面子，一开此例，何以为绝呢？这是二。

"对不起，又使你碰了个软（硬？）钉子。你记住，我是像 Goethe Faust 里的那个魔鬼，对什么事物都说'不行！不对！'的。"

有一回，我看到《随笔》刊登了杨先生为新出散文集写的序言，就给杨先生写信，希望能先发表几篇未刊的文章。杨先生正病后疗养，由钱先生代为回复："零星转载，大似旧戏中角色未出场先唱一句，官僚未上堂先咳嗽三声，已成时流惯例。愚夫妇素无此排场，偶然被编者强自专擅，实乖本愿。"又说："足下雅人，'无一点尘俗'，何必蹈报人补白常习，出此下策！'所请不准'，正是另眼看待也！"

4. 见月饼徒生"眼里火"

钱先生去世已四年多，回忆纪念文章发表了不少，很多作者都是钱先生数十年的老朋友或学生，自然有相当翔实的内容。我写这篇文章，只能如钱先生所说的日月下的爝火。但钱先生先后写给我的十来封信，都像他的散文、他的谈话那样妙趣横生，在此不妨多引一些。

有一年中秋前，我寄了两盒月饼给钱先生，马上获钱先生的回信："衰病以来，口腹之欲大减，眼馋涎滴，如高衙内见陈丽卿之徒生'眼里火'。兄一片美意，不料作成我为 Tantalus，一笑。"但随即又收到他的来信，说："本想报告你，我不是圣安东尼，经不起引诱，还是吃了一个惠赐的月饼，好吃得很。但还有克己功夫，见好便收，送给我女儿的侄子等分吃了！此外，我只吃了一个汕头送来的绿豆月饼，也算尝新。'想当年'（其实是六七年前我大病之前），真有今昔之感，Coleridge 诗所谓：'When I was young ／ Ah, Woeful When！'"

5."拥有那么多宫女，可惜是个太监"

1992 年 11 月，我又去北京组稿，给钱先生打了电话，希望能再去拜访他。钱先生同意我去，但在电话中约法三章：第一，不能送礼；第二，不能照相，他说年轻人总喜欢找老头子合影，把老头子当陪衬人，他不干；第三，不能写报道。我当然一一答应。

第二天，11月18日，我再次走进钱先生的家。钱先生与我并排在书房兼会客室的沙发上坐定，问我此番到北京有何公干。我说，看望老先生。钱先生说，老头子有什么好看，不如看看年轻的女作家。谈到《文汇读书周报》，钱先生说，报纸很精彩，可以看到老人的不可靠回忆，年轻人的互相吹捧。

那时报上正为《围城续集》吵得热闹，我给钱先生看一张报纸，上面说续集曾得钱先生同意。

他说，这是吹牛。他给我看了一份出版社的道歉信，毁版、赔一万三千元。钱先生也看了续集，觉得太差，读不下去，但也犯不着为之发火。台湾一家报纸说他大光其火，所以报纸上的话都靠不住，说不定几十年后有人会把报纸内容当作史料，可见不可信。

我向钱先生请教他对几个文化名人的看法。对王国维，钱先生说一向不喜欢此人的著作，在《谈艺录》中曾讲到，若王国维真的看全叔本华的书，就不会用来评《红楼梦》了。王国维从日本了解西方哲学，自比严复的眼界要宽，但严复海军出身，能了解西方（主要是英国）哲学，已是相当不容易了。他说林琴南有首诗，写的戊戌变法失败后，林半夜去给严通风报信，让严连夜逃出北京，才免遭劫难。对陈寅恪，钱先生说陈不必为柳如是写那么大的书。陈寅恪注钱牧斋的诗，漏注一处，即《管锥编》中引的《楞严经》的出典。他说陈寅恪懂那么多种外语，却不看一本文艺书，就像他以前说的比喻，拥有那么多宫女，可惜是个太监，不能享受。对张爱玲，钱先生很不以为然。我说他在美国回答相关提问时，曾夸过张爱玲。钱先生说："不过是应酬，那人是捧张爱玲的。"杨先生在一旁说："劝他不要乱说话，以免被别人作为引证。"钱先生说无所谓。又说到张爱玲的祖父张佩纶，是李鸿章的女婿，打了败仗回来，李鸿章的女儿写了两首诗："基隆南望泪潸潸，闻道元戎匹马还……"钱先生一边念一边还用双手做着眼泪汪汪的样子。

对胡乔木，钱先生还是很有好感的。20世纪70年代，胡乔木问他有什么著作，他说写了《管锥编》，胡想看看，钱先生就挑了几段给胡看，特别挑了谈宗教的那段，觉得可能与正统看法不一致。

不料胡乔木看了大为欣赏，全力促成出版。杨先生说《干校六记》的出版也全仗胡乔木的支持。

谈到钱穆，钱先生拿出一本《钱穆纪念集》，翻给我看：有钱锺韩的题字，有钱某某的题字，没有钱锺书！他还说钱穆在《师友杂忆》中提到他的内容都不准确，书中说在常熟遇见他，可他从未到过常熟。钱穆有一本书的序言，是他在十几二十岁的时候他父亲写的。言下颇为得意。

我又与杨先生谈起杨必，问是不是有人想撮合杨必与林同济。杨先生说，没有这回事。抗战前，钱先生和杨先生曾与胡适在陈衡哲家有过一次 Tea party，林同济带着他的前妻也来了，所以见过林同济一面。我听说杨必很喜欢读《儿女英雄传》，所以文笔受其影响，很流畅。钱先生说，没听说杨必怎么喜欢这本书，但他却很喜欢。

钱先生说自己身体不好，晚上睡不好觉，前列腺也有病。每周住两天医院，平时跟杨先生练鹤翔功。

我看到钱先生的书桌上摊着一本外文书，旁边的笔记本上密密麻麻记着英文笔记。前一次去拜访的时候，钱先生就给我看过他的几本笔记，其中有一本是他患病时记的，十六开的本子上大字歪歪斜斜只记得下三四行。现在商务印书馆要影印钱先生的全部笔记，应该也会收录这一本。

临别时，杨先生说，天气阴暗，但愿不要下雪。我说正盼着下雪呢。杨先生说，现在北京已没有什么雪景可看了。我说以前曾用雪水泡过茶，但水很脏。钱先生说，那是诗里写的东西，还是让张爱玲去抒写诗意吧！

6. 杨必怎么会向傅雷请教

我与钱先生就见过这么两次。我在上海隔几个月会给钱先生打个电话问候，钱先生在电话中也很健谈。有一次，我们报上刊发了一篇枕书先生写的回忆傅雷的文章，其中说到杨必翻译《名利场》时经常向傅雷请教，钱先生说这是不可能的，杨必有问题总去问他们，怎么会向傅雷请教呢？他和杨先生两个人争着说了很多傅雷的事。后来杨先生还专门写了一封信，纠正枕书文章的说法。

1993年，我再去北京，钱先生身体更不好了，只在电话中聊了几句。之后钱先生来信说："愚夫妇因病（杨绛病尤复杂）谢绝人事，每周常课，惟上医院。驾来未能见面为憾。"我在上海的旧书店里买到一本英译苏东坡集，是已故英国文学专家方重先生的遗物，不知怎么地流落到旧书店。这本书由英国人 Le Gros Clark（中文名字李高洁）翻译，他太太配木刻插图。据介绍，钱先生曾为此书作序，但我买的是初版本，没有钱先生的序。我写信向钱先生询问，钱先生回信说："Le Gros Clark 乃当时 Sarawark Borneo（文来？）的 Governor（英国殖民高级官），由其老友德国人（清华教授）先请我介绍，又审看译文，为再版作序。其夫人才貌双全，我们在英时，他们回国述职，特请我们在牛津大饭店晚饭。其弟为牛津生理学教授，亦请我们吃饭。以后又通过几次信。我们去法国后遂失去联系。想其夫妇皆已去世。'李高洁'乃其自用汉名。"

这是钱先生给我的最后一封信，此后钱先生住院治病，也无法在电话里交谈。我过一阵子打电话去他家询问钱先生的病情，有时是杨先生接的电话，好几次是钱瑗女士接的。杨先生不太愿意谈钱先生的情况，但钱瑗女士谈得很详细。再后来听说钱瑗女士也因病住院。据介绍，这本《我们仨》是钱瑗女士在病床上开始写的，但仅写了五篇就去世了。两年后，钱先生也故世。

留下杨先生一人，"梦魂长逐漫漫絮，身骨终拼寸寸灰"（钱先生为杨先生构思中的小说所写的诗句），她不仅整理了钱先生的全部手稿，又接着钱瑗写完了这本回忆录。

我在这里以一个与钱先生有过短暂交往的后辈，感谢杨先生所做的一切，也衷心祝愿杨先生健康长寿！

安迪

原载 2003 年 6 月 21 日《深圳商报·文化广场》周刊

附二：

看哪！这三个人！

1.《我们仨》下周面世，书稿内容秘而不宣

有"文化昆仑"美誉的钱锺书先生去世将近五年之际，其九十二岁的夫人杨绛写了一本新书，回忆钱锺书和她及他们的女儿钱瑗的家庭生活。此书将于下周正式上市。

钱先生一家处事向来低调，轻易不接受采访，外界对他们的家庭生活多年来所知甚少。这本名为《我们仨》的新书将要出版的消息传出后，各方均表示关注。

出版此书的北京三联一位负责宣传的詹先生对本报编辑说，《我们仨》原计划 5 月出版，因非典关系，只好延迟到本月底。

他介绍说，此书由原三联总编辑董秀玉女士任责任编辑，手稿内容目前仍在秘而不宣阶段，估计下周四左右将公布八千字左右的文稿。

出版社深知此书的市场潜力，已将其定为本年度重点图

书。詹先生说，他每天都接到很多媒体的电话，询问出版时间，要求连载部分内容。

而此前杨绛接受北京媒体采访时表示，她不希望报纸都来连载。"书没必要连载吧，不要耽误大家的时间，有喜欢看的就买书来看吧，如果都连载，碰上有不喜欢的读者那不是耽误人家时间吗？"

本报编辑联系北京、上海多位对钱锺书有研究或和钱锺书有过联系的人士，得知他们也只知道此书将要出版的消息，对书稿内容一无所知。"估计应该有些值得看的内容，"现代文学史料专家陈子善说，"但是，一切都得等书出版以后再说了。"

深圳民营书店老板王晓民说，他们每年都会销售这家出版社一百多万码洋的书，"不过目前关于《我们仨》，我们得不到任何确定消息"。

海外网站也已经发出征订消息，但网页上并无封面图样。网站说明新书到货时间为十几天至两个月。

2. 病痛中母女开始回忆

钱锺书先生以《谈艺录》《管锥编》等学术著作闻名于世，而一般中国人知道他大都是从《围城》开始。同名小说改编的电视剧在20世纪90年代播出后，"钱锺书热"形成，相关书籍大量出版，甚至诞生了一门新学问——"钱学"。今天还能在各大商场看到电视剧《围城》的碟片。

钱先生于1998年12月19日去世，新华社的消息称他为"文化大家"，"为国家和民族做出了卓越贡献，培养了几代学人，是中国的宝贵财富"。消息以这样的语句结尾："钱锺书先生的风范长存。钱锺书先生永垂不朽。"当时有评论说，这样的句子用在一个学者身上是不多见的。

钱锺书夫人杨绛也是中国著名的翻译家和作家，其小说《洗澡》、散文《干校六记》、翻译作品《堂吉诃德》等称誉文坛。钱先生辞世后，杨绛还翻译出版了柏拉图对话录之一《斐多》，首印一万册，很快脱销，台湾和香港地区也陆续出版。知情者说，杨绛的译作《斐多》获得成功，"她自己也从极度痛苦中逐渐走出"。杨绛称自己翻译《斐多》是"正试图做一件力不能及的事，投入全部心神而忘掉自己"。《斐多》描述苏格拉底就义当日在雅典监狱里与朋友们的谈话，谈的是生与死，尤其大谈灵魂。

令杨绛痛不欲生的是，钱锺书先生重病在床，而他们唯一的女儿竟然先他们而去。她不忍心告诉钱锺书女儿已去世的消息，但是她发现钱锺书似乎已经"感应"到。

与钱锺书一家关系密切的吴学昭女士最近撰文回忆说，钱瑗是累垮的："接连不断的政治活动、大小会议，熬更守夜批作业、编讲义，常年高负荷运转。学校离家远，交通又不便，有天早晨，她急匆匆赶到学校，临进教室才发现脚下穿的竟是两只不一样的鞋。"钱瑗生前是北京师范大学外语系的一位老师。

钱瑗患的是肺癌转脊椎癌，1996年初住院时已是癌症末期。吴学昭介绍说，钱瑗已非常衰弱，可能预感来日无多，于是开始回忆过去和爸爸妈妈一起生活的场景，并着手记录，留为纪念。

另有消息说，钱瑗写作时手不停地颤抖，到1997年2

月底，共写出五篇。杨绛看重病在身的女儿写得实在辛苦，劝她停笔。五天后，钱瑗就去世了。

钱瑗是1997年3月4日去世的，20多个月后，她的父亲钱锺书也离开了她的妈妈杨绛。

吴学昭说，她还记得八宝山送行时，钱瑗遗像前摆着一只精致花篮，素带上写着："瑗瑗爱女安息！爸爸妈妈痛挽。""人人走到这里都不免鼻酸泪下。"吴学昭说。

女儿和丈夫相继离世，杨绛知道那本《我们仨》只能由她来完成了。

杨绛前不久对北京记者说："这本书花了我将近两年时间，真正动笔是从去年开始的。"

在写作此书之前，杨绛还整理出版了钱锺书《宋诗纪事补正》十二卷。这套书市面上已经能够见到了。

这几年，杨绛先生投入精力最大的工作是整理钱锺书先生手稿。据说手稿共有七万多页，商务印书馆将陆续影印出版。

因为《我们仨》，我们又想起了钱锺书先生……

3. 读过初稿的人无不感动落泪

再过几天，世人就能一睹《我们仨》的真面目。据说此书装帧精美，双色印刷，有珍贵插图。前几年，《钱锺书集》的编校制作质量已近上乘，红木书匣典藏编号本尤为爱书人所重，定价高达 1800 元。

杨绛自己介绍说，《我们仨》分两部分：一是以梦境形式讲述一家三口最后几年相依为命的情感体验；二是记录自 1935 年钱杨二人赴英留学并在牛津喜得爱女到 1998 年钱先生逝世共六十三年间的生命痕迹。

有报道说，回忆往事对杨绛先生来说颇为困难，每每触及伤痛，运笔之间难免以泪相伴。但是杨绛自己似乎不这么认为，她说写这本书同写《洗澡》"没什么区别"。"这本书其实是同我其他许多文章一起创作出来的。"她对记者说，"只是写家庭生活的这部分较长，有十几万字，三联单独拿出来出版。还有许多内容都没收录进去，比如一些修改过的短篇小说、散文什么的。"

她又表示，这本书不算单纯的回忆录，"有一部分是回忆录，一部分不是"。

她说她现在最大的困惑是电话太多，她不愿意大家都去看她。"千万不要来看我。"她说，"即使大家来了，就算同我聊了一天，又能怎样？我们也不可能只凭这一天交谈就成了朋友吧！"她想多点儿时间写作，把该做的事做完。

据说目前只有少数杨绛的朋友读过了《我们仨》初稿。吴学昭女士说朋友们读了后无不感动落泪，尤其第二部"我们仨失散了"。"大家似乎跟着杨绛先生在钱锺书先生父女人生的最后驿道上，重新走了一回。"她说。

吴学昭评价说，杨绛的笔调依然清新优雅，保留着特有的冷隽幽默，"我们仨"的形象跃然纸上，生意盎然。

4. 杨绛承担了回忆钱锺书的使命

钱锺书生前坚持不让别人更多地了解自己。他那广为人知的名言是："假如你吃了一个鸡蛋觉得不错，何必认识那下蛋的母鸡呢？"

这也带来一个问题：钱锺书越是"自我封闭"，想了解他的人就越多。

另一个问题是：他生平中许多事情谁也说不清楚，"钱学界"各执一词，争论不休。

在这种情况下，杨绛不得不出来澄清事实。尽管目前人们对《我们仨》所知不多，但是人们期待书中能揭开许多谜团。

曾经有一段时间，杨绛和钱锺书的一位传记作者通了很多信，解答作者提出的问题。这部传记名为《民国第一才子钱锺书》，作者是汤晏博士，书由台湾时报文化公司于2001年出版。这是当时最新的一本钱锺书传记。

杨绛曾以通信方式向他提供了很多钱锺书的生平细节，但是汤晏说，他仍然有几个问题无法找到满意的答案。

不过，关于胡适之是否见过钱锺书的问题，看来是搞清楚了。

内地曾出过一本《写在钱锺书边上》，其中提到"胡适曾经请年少气盛的钱锺书吃过三次饭"。汤晏博士读了后觉得是天方夜谭，因为在《胡适之先生晚年谈话录》中，胡适对胡颂平说："钱锺书是个年轻有天才的人，我没有见过他。你知道他吗？"这"二胡"是在谈论钱锺书《宋诗选注》时说这番话的，时间是1959年4月。

杨绛2000年7月20日写信给汤晏说：胡适见过钱锺书，时间是1949年春夏之交，上海还未解放，地点是当时的上海合众图书馆，算是偶尔相遇，由顾廷龙介绍。读杨绛的信可知，钱、胡二人之前也在其他场合见过几次。

杨绛对胡适为什么说没见过钱锺书有自己的看法。

像类似的钱锺书生平中说不清的事还有很多，所以一旦争论公开化，杨绛就会站出来说话。这成了她的一个使命。

5.《我们仨》极有可能引发新争论

杨绛自己对钱锺书的回忆也经常引起争论，所以一位"钱迷"说，《我们仨》极有可能引发新的争论。

以前比较著名的争论是杨绛1999年发表《从"掺沙子"到"流亡"》，文中说到20世纪六七十年代他们和邻居的一次打架事件。被杨绛称为"男沙子""女沙子"的当事方林非、肖凤夫妇迅即予以回应，表示要奉陪到底，让事实大白于天下。以后一段时间，许多媒体和名人都参与了争论，若干事实到最后似乎也并未说清楚。

另一次著名的争论围绕着钱锺书是否说过"叶公超太懒，吴宓太笨，陈福田太俗"这句话。这次是杨绛和几位钱学家争论。后来范旭仑、李洪岩还专门写过一篇文章《我们何以要批评杨绛》。

本报编辑就《我们仨》能否会结束若干争论请另一位"钱迷"预测，他表示实在很难讲。"这种争论总是会存在的，尤其在钱锺书身上。"

不过他又说："不管书中透露多少钱锺书的新鲜资料，《我们仨》最大的好处是，钱锺书先生和家人再次进入我们的视野。仅凭这一点，我们也要感谢杨绛先生。"

原载 2003 年 6 月 21 日《深圳商报·文化广场》周刊

钱锺书妙赏"书中钱" 午餐会从此会"神仙"

上期《文化广场》我们做了"他们仨"专题,刊登了本报独家专稿《我与钱锺书先生的短暂交往》(安迪),各方反响强烈,好评不断。星期六上午,我们接到老一辈新闻工作者纪卓如先生的电话。他说看了专题,很激动,"尤其是看到你们选用的照片,有几张是我儿子拍摄的"。他说,他儿子如水在北京工作期间,和钱锺书一家多有交往,钱、杨二老都把如水当作家人看待。"处理钱先生后事时,杨绛先生遵从钱先生遗愿,只允许二三知己吊唁告别,也没叫摄影记者,拍摄的任务就由如水完成。"纪老还说,他手里存有两封钱锺书、杨绛给如水的信函复印件。

这倒是"无心插柳"的有趣新闻。本周星期二午餐会,我们把纪卓如先生请来,谈谈如水和钱锺书一家的交往。纪老带来了复印件,本部编辑轮流观看,边欣赏钱、杨二老的墨迹,边听纪老讲述有关背景,众人均再次为钱先生的智慧倾倒。我们不妨在这里摘引部分内容，以飨读者。

1990年11月20日，如水在《人民日报》(海外版)发表一篇题为《但求宁静》的小文，向读者报告钱锺书先生近况，并配发一张钱先生躺在软椅上神态怡然的近影。文章说，钱先生早已把世间的虚荣和热闹看透，社科院原拟为钱先生祝寿，钱先生谢绝了，说："宋诗云，老境增年是减年。增一岁当然可以贺之，减一岁则应该吊之。一贺一吊，不是互相抵消了吗？"如水说，钱先生只是想要一点儿安静而已，喜欢他的人最好是静心去读他的书，不要去干扰他为好。

如水自己也说到做到，尽量不去钱府拜访。他把这天的报纸送到钱先生门口就悄悄离去了。第二天，钱先生给如水写信，说："我何值得供你描绘？但大文虽有夸饰的地方，没有附会和冤枉，我已感恩不浅了。"看来那会儿钱先生仍在为别人硬给他祝寿的事烦恼，信中说："日来，电函、来客，络绎不绝，愚夫妇对付不了，我支撑不住。好意产生恶果，'祝寿'变成'促寿'，这也是'增年是减年'的引申……"

也许有人还记得，1991 年，市面上出了一本《钱锺书人生妙语》，内容是从钱锺书小说、散文中寻章摘句，胡乱拼凑而成，算得上巧取豪夺的老把戏，也是借"钱"生钱的新伎俩。如水在当年 6 月 18 日《人民政协报》上撰文，抨击这一本"粗劣不堪的书"。他指出此书将小说人物的话当钱锺书妙语已然无稽，封面、封底更是错误百出，编者纯属钻法律空子而大发其财。文章如此结尾："这哪里是热爱钱锺书呢？分明是热爱书中钱嘛！"

钱、杨两位二先生显然很喜欢"书中钱"的说法。他们当日就给如水写信，开笔即称赞如水"骂得好"。钱先生写道："厚脸皮、黑心肠的书蛀虫绝非'口诛笔伐'所能剿灭，'出版法'也许缺乏'滴滴涕'之类的效力。'书中钱'确是妙语！香港人不爱我的名字，因为音同'钱总输'。我就算'钱总输'，让这些虫豸去赚'书中钱'罢！"杨绛在信末附言说，你的"小文"甚妙，末一句（指"书中钱"那句）结得好！"妙语"一句，被你揭出底来，"我大为快意"。她还称如水是"知心的小友"，"够哥们儿"。

有这样的智慧和幽默垫底，接下来我们商量本周《周末生活》和《文化广场》各版选题显得既愉快又顺利。我们想到，也许应该把这样的"星期二午餐会"当成一个和各方高人交流的机会。茶水一杯，宾客一围，找个话题，七嘴八舌，说说笑笑，"精神"与"物质"同食，茶香与妙想齐飞，岂不快哉！说干就干，此为开篇。

深圳商报编辑部

原载 2003 年 6 月 28 日《深圳商报·文化广场》周刊

附四：

一嘉宾阐发"天堂鸟"　众编辑叹服"黄继光"

这周午餐会，话题还是从说钱锺书开始。没办法，谁让安迪那篇《我与钱锺书先生的短暂交往》写得太精彩，引起了太多的关注呢！谁让他写的是钱锺书呢！

上周《南方周末》专栏《东海西海》，栏主乔纳森写了篇《钱锺书瞧得起谁啊？》。乔纳森说："《深圳商报》最近刊出安迪先生的文章《我与钱锺书先生的短暂交往》，这是一篇相当难得而又极可信赖的追忆文字。当中涉及近代人物的月旦臧否的段落，尤其令我感到兴味……'对王国维，钱先生说一向不喜欢此人的著作……对陈寅恪，钱先生说陈不必为柳如是写那么大的书……对张爱玲，钱先生很不以为然'。显然，经过时间淘洗，如今享有大名的几位学者文人几乎都入不了钱先生的法眼，那么，我们就不免要想到，钱锺书先生究竟瞧得起谁呢？"

钱锺书先生瞧得起谁？这篇文章被人贴到了《文化广

场》的论坛上，引起了好一番热闹。有人说"文人相轻，自古尔然"；有人说"要论学问，钱锺书也实在没有必要瞧得起谁"；有人说"钱锺书就是钱锺书，他要是不这副样子，天天温顺恭良的，大家看了不别扭吗"？后来又有人对文章提出质疑，乔纳森本人也出现了，两人就"钱锺书究竟瞧得起谁"进行了一场小型学术论争。都是谦谦君子，说话的人引经据典，不涉人事，锋芒隐在温厚之间。这边看帖的人，也读得津津有味。此事姑且不谈。说到"乔纳森"这个名字，午餐会的嘉宾王绍培君说，他记得有一本书写到一只名叫乔纳森的海鸥，它的目的就是不停地飞翔、飞翔，飞翔就是他的天堂。此"乔纳森"非彼"乔纳森"也，这只终其一生只为飞翔的"乔纳森"倒是引起了大家的兴趣。"乔纳森"出自美国20世纪70年代的一本畅销书《海鸥乔纳森·利文斯顿》，它不屑混迹于鸥群争食轮船抛下的垃圾，它只喜欢飞。为此他遭到同类的耻笑和敌视，被赶出鸥群。从此他孤独地飞翔，直飞到翅膀都变成透明。

飞到翅膀都变成透明，"乔纳森"真的可以做到"天鸟合一"了，它不会碰到尘世中的纠葛。6月21日那期"他们仨"专题，是在周四惨遭某出版社"放鸽子"，又通过诸多渠道百般努力后无果的产物。安迪被主编逼着在周四深夜一气呵成了近六千字的《我与钱锺书先生的短暂交往》，主编自己也连夜写了几千字的稿子，加上原来特约的访谈稿，竟然被我们鼓捣出三个版的大专题。安迪此义举被称为"黄继光式"的行为，而时间紧迫竟佳作连出，这事又被编辑部誉为"国贸大厦"，意为"一天一层楼"的深圳速度也。没想到，此事最后竟成了主编的法宝，这次午餐会上商量选题，一旦有编辑叫苦，说时间太紧恐怕组稿有点儿困难，主编把这事一拎，说时间再紧能紧得过钱锺书那个专题吗？于是就没人说话了。从此选题会再无阻滞，一气呵成，顺带着出了很多挺好的想法。看来，主编有此镇"部"之宝，编辑们还真得做"乔纳森"了，不过不是飞！飞！飞！而是编！编！编！

　　［主编按，安迪来电话说："我那篇文章好评如潮啊，哈

哈，你催生有功。"我说："那也多亏你先有了身孕啊，不然再怎么催也生不出来。"安迪说："也对，不仅有身孕，我的生产能力也没有丧失嘛！"录于此供读者一哂。]

深圳商报编辑部（执笔：陈溶冰）

原载 2003 年 7 月 5 日《深圳商报·文化广场》周刊

附五：

来函照登

深圳商报编辑部：

贵报 6 月 28 日所载《钱锺书妙赏"书中钱"，午餐会从此会"神仙"》一文中，我父亲在我毫不知情的情况下，将钱先生和杨绛先生给我的私人信件部分内容公开发表，其中许多说法都是没有根据的臆测。钱、杨两位先生对本人是前辈对晚辈的关怀（这是他们一贯的为人），而我从不认为与钱先生一家有什么特别亲密的关系，我们更多的是一般的工作关系，杨绛先生曾在我所编的版面上发表少量的散文作品，她是作者，我是编辑，如此而已。为钱先生送别的人们并不止"二三亲友"，而我绝不可能在这"二三亲友"之中，我只是恰有见到钱先生最后一面的机会。事实上，在八宝山为钱先生送别时，还有一位新华社记者，杨绛先生并没有特地让我去摄影。我希望能在贵报《文化广场》上发表我的来信，澄清事实，并因此文可能对读者产生的误导，真诚地向杨绛先生和读者致歉！

纪红（如水）

原载 2003 年 7 月 26 日《深圳商报·文化广场》周刊

.

通往巴金之路

一

　　巴金老人一百岁了。

　　一百岁的巴金老人已然用文字铸起一座巍峨的山。在这座山面前，说几句祝福的话，讲几句"门面话"，或许容易；若要说几句知人论世的透彻的话，讲几句无关痛痒的针砭的话，就绝非易事，正所谓"万般感慨，一言难尽"。

　　《文化广场》策划"巴金百岁诞辰"专题已经酝酿好长一段时间了。我们曾想广邀各路名家畅谈阅读巴金作品的体会，也曾想调动一切图文手段全面展现巴金百年历程，甚至还想一展编辑雄心将巴金的创作历程和中国社会百年演变结合起来做一番宏观展示。最终我们放弃了这些想法，只将目光对准了巴金的晚年。我们邀请了上海的陈思和、徐开垒、陈子善先生为《文化广场》撰稿，前两位都曾写出自己的《巴金传》，后者则是久居上海的文史专家，相信他们的文章绝不同于常常见诸报端的那些泛泛之论和浮华虚词。他们对巴金都有自己深切的理解，平实的文字读起来于是格外贴心：既贴近巴老的"文心"，也贴近"世道人心"。

二

　　巴金晚年的创作，以《随想录》开卷，以《再思录》压卷，主旨只有三个字："讲真话。"他反思的是"文革"十年之痛，走的是忏悔之路，照耀这条路的，是中国知识分子的良知之光，这"光谱"中的色彩是真诚，是勇气，是个人的血和泪，是时代的病与痛。这条路，他走得既辛苦，又痛苦；这条路，他一走就是二十几年。最终，他在自己这座文字大山的巅峰上，建起了"'文革'博物馆"。可恨病魔一直纠缠着他，不然，这座"博物馆"会更宏伟、更博大。

我们读《随想录》和《再思录》，会发现这些文字构成了一面巨大的镜子，镜子里有自己，也有别人。这面镜子足以让许多人"现形"：那些健忘的人，那些拒绝忏悔的人，那些轻易将责任推给时代的人，那些身为"奴性工具"而浑然不觉的人，那些每每摇身变色而又常常自以为得计的人……

三

"晚年巴金"不仅仅是巴金生命中的一个时段，"晚年巴金"更是一个巨大的话题。今天谈论这个话题的人还不够多，也谈论得不够到位。我们希望，在巴金百岁诞辰之际，谈论这个话题的人能多起来，而巴金百岁诞辰之后，对这个话题的谈论也不要停止。

陈思和教授在文章中说，从《怀念从文》开始，到至今尚未完成的《怀念振铎》，巴金的思路"逐渐从反思'文革'进入对漫长的文学史细节的梳理"。这是对的，但是我们也感悟到，巴金对漫长文学史细节的梳理并非是"'文革'反思"的结束，而是其延伸与扩展。在反思、忏悔、回忆中"讲真话"，正是晚年巴金一以贯之的主题。把握了这一点，我们就会加深一层对巴金的理解，我们也会认识到：只读《家》《春》《秋》而不读《随想录》和《再思录》，是对巴金的"残缺阅读"，是形成作者与读者隔膜甚至是误解的主要原因。

通往"巴金山顶"的路是不太好走的，但需要有人去走，需要有更多的人在巴金开辟出来的这条路上继续前行。我们不能让巴金这座山成为一座孤零零的山，真的，不能！

原载 2003 年 11 月 22 日《深圳商报·文化广场》周刊

附：

巴金专题有早有晚　自我表扬无拘无束

本周的午餐会嘉宾本来是《深圳特区报》的梁二平，胡洪侠电话约请他时，我正在边上。我说："《今周日》做了八个版的'百岁巴金'特辑，现在请你去传经送宝了。"梁二平呵呵一笑，却道："待会儿我们去多几个人，反正他们有的是钱。"中午找人吃饭不易，最后只找到我们的美女美编曹丽华，遂锵锵三人行。我既为不速之客，本该老实安静，却多嘴多舌，为自己揽上这桩执笔午餐会的事情。话说当时《文化广场》和《今周日》两队人马坐定，龚平说"集团来人看我们啦"，胡洪侠说"今天实现了深圳报纸文化周刊的强强联合啦"———大家把杯在手，忽然，梁瑛问这回的午餐会该谁写啦，接着陈溶冰、田泳都问该谁写啦，该谁写啦，以至于一时之间酒不能喝，我乃随口应道，"该我写啦"，孰料一言既出，掌声四起，大家都以幸灾乐祸的心情且进杯中酒。果然，带着任务进餐之食不甘味的滋味非亲历不足为外人道也。列位看官知道，这胡洪侠、梁二平都是本城嘴力劳动者之个中翘楚，就算在座的其他人礼让以安静，单是把他们两个人两小时内在两瓶以上啤酒后说的话记录下来，非两篇两万字文章不能办。我只能撮其要者而言之，侧重于报业大势评点和编辑业务探讨。

话题之一是巴金。胡洪侠说："没有想到你们居然做了七八个版的巴金，这是贵报周末版前所未有的，而且做得相当不错，我仔细看了。问题是，我们一个月前就准备做专题了，结果起了个大早，赶了个晚集。"陈溶冰说："你总是起大早赶晚集，要不我们别做了。"胡洪侠说："不做是不行的，我们本来就打算换一个思路做嘛！一个别人都没有的做法。"我问："什么样的做法？"他说道："你们不是把百年巴金从头做到尾吗，我们做晚年巴金，写《随想录》的巴金。"梁二平说："这像《文化广场》的做法。"

话题之二是互动。胡洪侠说："我们完全可以一起策划选题嘛。两个编辑部可以一起开会，可以互动嘛。"梁二平笑说："开会我愿意，你们有饭吃。"我说："胡洪侠最擅长互动。过去就跟海南的《天涯》杂志互动过。"于是大家就开始就互动发表各种建设性的意见。有的说，这样的话可以避开选题撞车；有的说，《文化广场》上的文章，可以下转至《今周日》，《今周日》上未做完的选题，可以详见下周的《文化广场》；还有人想起"等我有了钱"的媒体段子……

话题之三是大势。胡洪侠说："你们一定要注意最近的特区报，用五个版、三个版来做新闻专题，这是何等的魄力！不得了！"梁二平说："现在知道为什么我们可以做八个版了吧。有大气候就有小气候，我们是小气候。"

话题之四是表扬与自我表扬。江湖上都说胡洪侠越来越自恋了，他在"请允许我再自恋一下"的表白下说，"《文化广场》过去虽然办得还有人看，但恢复一个品牌谈何容易，超越更是困难。但是现在有人说已经超越了。"又有人说版式做得好，一看就是《文化广场》，有创意。又说《今周日》也做得很好，表扬凌芝美编和曹美编。

话题之五是联欢。胡洪侠说："我们两家现在是一个集团，为什么不联欢一下呢？可以到报业大厦42楼去聚一次嘛，这也使我们的周二午餐会上升到一个新的高度。"在座的多人立即叫好。梁二平是江湖豪杰，自然毫不含糊，初定于下月举行联欢。

回来的路上，曹美编说："人家开会的氛围多好啊，这样才有交流啊。"梁主编也说："是啊，是啊，呵呵。"呵呵。

（执笔：王绍培）

卷二

一、二、三："拜年——！"

一

　　猴年说到就到，我们"星期六深圳商报"编辑部全体编辑在此给各位拜年了！

　　那天不知是谁出了个"馊招"（又叫"创意"），说拜年不能光说漂亮话，花拳绣腿的，谁信？得让读者看见咱是真拜年，不如去照张合影，集体献演（又叫"现眼"）。这一来不得了，大家简直"创意无限"了，说咱干脆去影楼，弄身唐装，"传统一下"，显得有"文化"，还可顺便考察影楼业摄影技术，小小地消费一下，为深圳经济做点贡献，说明咱也有"现代意识"嘛。胸怀着经济、文化的两层考虑，肩负着传统与现代的双重使命，三男四女置繁重的编辑任务于不顾，大义凛然，直奔影楼。一番乔装打扮，又一番涂脂抹粉，再一番挑三拣四地选道具，我们就开始听摄影师指挥了。他说，我喊"一、二、三"，你们齐声高呼"拜年——"。他跟体育老师似的，喊了一回又一回，我们着魔似的高呼再高呼，于是就有了本版这张集体拜年照。我们真喊的是"拜年"，可惜你们听不见。报纸留下了我们为读者朋友祝福的真诚笑容，却不能传达我们真实的拜年声音，可见科学还是不能为所欲为，科技工作者任重道远啊！努力吧，同志们，希望明年春节你们能帮我们把祝福的声音"印"在这里。

二

一说猴年，心里有一番别样的欢喜。十二生肖中，要属猴子最可爱。主编前些时候去台湾开会，曾有阿里山之游。

行至半途，大巴突然减速，车内一片惊呼声。往窗外一看，原来路旁峭壁间跳出数不清的猴子，成群结队，迤逦于途，手舞足蹈，挤眉弄眼。这不是人造的风景，却也是公园管理者有意的安排，给大家一个不期而遇亲近灵猴的机会。车上的人真高兴啊，那高兴是自然而然的，没有理由，也没有思考，就觉得高兴。所谓人与自然的和谐，其实正是这一份简单至纯的快乐，不是什么运筹帷幄的深思。当人们到处去找"和谐"，找不到就"打造"时，和谐就已经离我们很远了。

所以，设计《周末生活·文化广场》春节特辑时，我们乐意随"猴年说猴"的俗例，辟出几个版面，来一场"新春拜猴"。俗话说，远亲不如近邻，希望可爱的猴子（它们算是我们的"近亲"吧）为各位的猴年带来和谐与快乐。

三

可是我们又想到，现在的春节是越来越单调了：一场晚会、一席年夜饭而已，传统的年味正渐渐淡去，旧时过年的种种风俗、种种仪式、种种讲究，有的早被"革"了"命"，有的已被洋风洋雨冲刷得褪了色，就连鞭炮声也难得一闻了。侥幸"存活"下来的年俗，又往往"徒有其表"。当我们天天"过年"时，真正的年却独自寂寞，衰老不堪。这也许是无可奈何的事，但我们又有些不甘心，眼见不信上帝的人大过圣诞节，无情的人偏偏记住了"情人节"送玫瑰，我们也该想想如何好好地过自己的春节吧。既是传统节日，就该有点传统的样子。就算是传统需要"现代化转型"，也不能"转"得只剩下春运车轮滚滚，晚会乱哄哄，喝得大醉，吃了就睡。

我们于是组了一个谈论春节的专题，当初起名为《拯救春节》，后来觉得不妥。春节的身子虽说已经单薄如纸，毕竟还活着，用不上"拯救"二字。传统的生命力强得惊人，不是招之即来、挥之即去的，现在也不到拯救的时候。可是，年风年俗中许多传统的身影、文化的声音、艺术的韵味，确实湮没了不少，我们春节特辑的第二个专题，干脆起名为《打捞春节》。临时集合的这一批作者的文字，也许还不足以将真正的年"打捞"上来，但是，打捞起一些过年的记忆，也就够了。对许多中国人而言，春节确实是活在记忆里的。我们担心的是，现在这些在"假冒的西方节庆"中长大的孩子，将来会不会连纯正春节的记忆也没有了？

原载 2004 年 1 月 17 日《深圳商报·文化广场》周刊

初一拜年另一幕

家科兄为我们的《打捞春节》专题写来了一篇《年味》（见今日 C5 版），我读了觉得格外亲切。我也在那片土地上长大，《年味》中的种种情事我曾一一经历，回忆起来，仿佛一场久已不做的温暖的梦。

家科这样写大年初一故乡的拜年：

"待鞭炮声渐渐远去，村庄在狂热中恢复原有的宁静，太阳也睡眼惺忪地跃出地平线。刚吃过新年第一锅饺子的人们，精神饱满地走出家门，在大街小巷连接成拜年的队伍。辈分和年纪最高的老人留在家中，其他人都去拜年，没有老人的人家，家里不留人，大门也敞开着，拜年的人在街上碰着就当街磕头，到没留人的家里就对着'影子'拜年。这时整个村子就是一个家，村里所有的人就是一家人，相互之间都心照不宣，没有任何的提防和戒备。新的一年真正地开始了……"

确实是这样的。可是，这一刻，我却想起了另外一幕，也与大年初一拜年有关。

20世纪70年代初吧，春节临近，我家房顶上的"大喇叭"传出了"大队部"严肃的声音，大意是：如今要移风易俗，过革命化的春节，接上级通知，大年初一不许互相拜年，村里的民兵会加强巡逻，有敢拜年的，以宣扬封建迷信论处。

临近沸腾的春节气氛随之掺进了肃杀的味道。孩子们免不了要想：不让拜年，这年还怎么过？可是至今让我感到惊奇的是，当时的大人们似乎都不考虑该不该执行"大喇叭"里的禁令，好像根本用不着考虑，连商量都不必。他们的话题是：民兵会在几点巡逻？六点？七点？那咱就早点儿。三点钟起床行不？太早？不早了。趁天黑，赶紧转，早拜完早算。你以为民兵就不拜年了？他们得等着拜完了年才去巡逻呢。谁说的？我刚听西边胡同里的老三说的，他就是民兵啊。那个谁，你早起一会儿，先放鞭炮，我们跟着，然后就集合。你，带上手电筒，照路。碰见人别乱照，能躲就躲，进了大门再磕头。你们这些孩子，别熬夜了，早睡早起……

那年的拜年，不在"太阳也睡眼惺忪地跃出地平线"之后，而在太阳酣睡的凌晨两三点。隐约听见谁家放了鞭炮，那就是"总动员令"，家家户户的鞭炮声片刻就连成了一片。黑灯瞎火地吃完饺子，"家族队伍"也集合得差不多了，长辈一声令下："走吧！"队伍于是静悄悄地出发。那真是一幕奇特的场景：夜黑风寒，地冻霜冷，大街上，小巷里，流动着一团团黑影。刚听到前面似有人声，还有光亮一闪，等到走近了，却又不见了踪迹。两队人马避无可避时，机灵的一方即迅速面墙而立，给迎面而来的人让出路来。待脚步杂沓声已远，这边才又有窃窃私语声，伴着压得极低的嗤笑声。进得一家的门，人们暂时恢复正常，烛光之下，屋内院里，磕头的磕头，烧纸的烧纸。出得门来，游击状态立刻恢复，"打枪的不要，悄悄地进村"……

几年以后，没人禁止拜年了，可是我们村里的人们大年初一照样起得很早。大家都忘了为什么要起得这么早了，似乎祖上历来如此。有孩子问起来，大人只笑着说，起早了省事，谁也看不清谁，少磕很多头，一个一个地磕，磕到天亮也磕不完，多麻烦！这些提问的孩子现在长大了，他们过着没有年味的年，也不感觉有什么奇怪。他们只记挂着一件事：今年的春节联欢晚会，赵本山会演什么小品？

原载 2004 年 1 月 17 日《深圳商报·文化广场》周刊

附二：

星期二午餐会——忙忙碌碌应教授　红红火火大剪纸

趁龚平点菜，先说点题外话。编辑部故事暂别，仍有不少读者表示"就此停掉，实在可惜"。桌前议论，大侠表示，编辑部故事将与午餐会合二为一，不定期推出。

言归正传。"文化义工"张之先将应天齐教授请到了午餐会。

这里需要解释一下，张之先被称为"文化义工"事出有因。自《文化广场》创刊，张先生就没有停止向《深圳商报》输送文化名人，老朋友相见，大侠张口便称张先生为"文化义工"。这次"义工"还真带来了一位难得一见的艺术家——应天齐。

"义工"年过六旬，讲起应天齐自是赞不绝口："应天齐是中央美院的高才生，现为深圳大学艺术学院教授，是在中国版画界和美术界有相当影响力的艺术家。主要版画作品《西递村》系列获多种奖项，并被搬上舞台。最近，他又想搞一个'大剪纸'现代艺术展。"

众所周知，在深圳这片热土上，任何前卫的艺术形式的出现，都不会成为一件举城皆惊的事。但"大剪纸"——土得掉渣，蕴含着原始、质朴和纯净，经应天齐介绍，还着实让我们感动了一阵子。

我们甚至觉得民间艺术以其丰富的形象语言反映了中国深邃的传统思想、古老文化，具有独特的美学价值和艺术价值，如果春节《文化广场》能将"大剪纸"展现给读者，无异于送给深圳市民一份最好的贺年片。

说到兴致之处，大侠与应天齐碰杯一饮而尽，两人如遇知音，大有相见恨晚之势。于是，应天齐教授从《西递村》系列讲到《黑白》系列版画，直到后来的"大剪纸"现代艺术展。

"日本京都，一个小木头人，能卖到 200 元人民币。可西安民间的泥玩、皮影、木板年画（统称'大剪纸'）却只买几元钱，民间艺术不仅表现了群众的审美爱好，并蕴含着民族的社会深层心理，也是中国最具特色的民艺之一，没有理由落后京都木头人。"这是应天齐举办"大剪纸"的原始动力。

印象里，剪纸的图形、色彩非常漂亮。中国在过年的时候，很多地方的人都在自己家的窗子上贴上红色的剪纸，庆祝节日，就像西方圣诞节放圣诞树、挂彩灯一样。那只是我们熟悉的剪纸，应先生"大剪纸"的范围更广。曾客居鹏城的艺术家李世南先生对应天齐说过一句意味深长的话："深圳就是这样，画展开幕了也即'闭幕'。"说完这句话，这位愤世嫉俗的艺术家隐归山林修行去了，但青年画家应天齐留下了。这是1994年的事情，当时，应先生首次在深圳举办他的《西递村》版画系列展。他信奉另一条古训，如做隐者，则"大隐隐于市"，这次"大剪纸"现代艺术展，他做了一回挖掘"隐于市"的民间艺人的隐者。

说到此处，应天齐略带深思，"我从事现代艺术工作，可我一直在考虑：如何将传统转成当下？'大剪纸'是传统——西北农村土得掉渣的民间艺术，深圳是国际化的城市，'大剪纸'现代艺术展就是要完成这一转换"。

应天齐的这一举动引起了中央电视台的关注，央视将全程拍摄"大剪纸"现代艺术展。另外，深圳民俗村、深圳博物馆春节期间也将布展"大剪纸"。

这次午餐会，我们做了一回听众。对于应天齐"行为艺术"之举，更多则是由衷的佩服。当然，文化特别是精品文化，应该出现在《文化广场》。对于应天齐"大剪纸"现代艺术展，《文化广场》也将布展。

透露一个消息，本月2号应天齐已飞赴西安邀请民间艺人来深圳，我们的作者已随行"零距离"采访，下期《文化广场》将全方面报道应天齐和他的"大剪纸"。

"大剪纸"有着丰富的文化内涵，深圳博物馆馆长将它称为超越物质之外的收获。人们习惯将一切归结于利益行为。欣赏艺术的感官愉悦，很难成为人们的头等追求，也许"大剪纸"也不例外，但春节期间，漫步于《文化广场》，"大剪纸"无疑会给你带来感官的愉悦，还有对民间艺术的感动。

（执笔：祝铭利）

原载 2004 年 1 月 3 日《深圳商报·文化广场》周刊

活的文化，新的传统

一

那天下午，我去参加深圳宣传文化基金艺术评审委员会增聘评委颁证仪式，初次登上地王大厦68层，从地下停车场开始"登高"，换乘三次电梯，终于进了那间"一览群楼低"的宴会厅。我突然觉得兴致大好：座中宾客，原来有很多常见面和不常见面的朋友。即使素未谋面者，一经介绍，发现也都是"隐于市"或"隐于野"的各方高人。宴会厅热闹得像联欢舞台，身边的握手寒暄，远处的遥致问候，谈笑间就把枯燥的会议改写成了温馨的节日，顺便也把电梯间的高速登顶幻化成了曲径通幽。王京生的兴致也大好，致辞时抛开讲稿，开口即引用王羲之《兰亭序》里的句子：今天窗外正是天朗气清，惠风和畅，室内则是群贤毕至，少长咸集……

几个月来，深圳一帮文化人见面的机会多了不少，论证会、座谈会、策划会、动员会……几乎天天在开，"文化立市"一词身价陡增，日日腾于众口。

说起深圳文化，许多人的兴致都好了起来，然而光靠兴致，走不了太远的路。仍然有一些观念需要厘清，有一些共识需要达成，有一些隐隐约约的疑虑需要扎扎实实的动作来渐渐打消。自本期起，《文化广场》周刊将连续刊发相关文章，讨论因"文化立市"引起的多项话题。本期上场的是孙振华、鲁虹和尹昌龙。

二

自 20 世纪初的"新文化运动"起，中国的文化人谈文化都谈了一百年了。曾经喊着要"打倒孔家店"，呼唤民主与科学，一心要改造国民性；后来谈新民主主义文化，强调"民族的、大众的、科学的"；再后来，"文化"就"革命"了，到处都在"破四旧，立四新"，直指人的"灵魂深处"。20世纪80年代，文化又"热"，知识界重新寻找文化理想，担心的是"球籍"，向往的是不为传统缠绕的现代化。到了90年代，企业文化大兴，网络文化呼啸而至。今天再谈文化，尤其是在深圳谈文化，怎么谈？

今天是在市场经济体制下谈文化，是在全球化背景下谈文化，是在让自己的城市迈向国际化的路程中谈文化，是在城市发展的竞争图景中谈文化，语境果然是大不一样了。今天的文化，其面孔多样，功能多样，不再仅仅是书斋里的琴棋书画，舞台上的轻歌曼舞，学院中的经史子集。文化是可持续发展的力量，其身影常在城市综合竞争实力指标中出入。文化又是方兴未艾的产业，每每要计较在国民生产总值中占多大比重。它又是求新求变的创新能力，体现在创意产业的规模与效益上，同时又是体贴入微的家园感，借以检验一个城市究竟有没有"以人为本"的凝聚力，城中的人是否感觉得到"岁月静好，现世安稳"。它又是左牵右扯的制度资源，看看最终能否开发出新的管理体制、新的运行机制、新的文化供应及消费能力……这样的文化，与经济、社会、政治、环境融为一体，和现代都市密不可分（所谓"城市即文化，文化即城市"）。先前的仁人志士、专家学者，没有多少机会谈这样的文化，所以今天我们谈起来，虽然大有益，但是大不易。

比如，我们真的搞清楚了全球化和国际化的区别了吗？龙应台最近在北京做了一场题为《全球化了的我在哪里？》的演讲，演讲稿有报纸登了出来，值得一读。她说，如今衣食住行的物质消费和一些文化价值与观念，在全球化的运作下，都成为统一的商品。全球化是物质和精神商品的无远弗届，不管你身在何地，都无所逃于天地之间。而国际化是指对国际有深入的了解，有与国际沟通和接轨的能力，是懂得用国际的语言和手段"呈现"自己。她说，国际化不是把自己掏空，更不是把自己的内容换成别人的内容。"道理何其简单：谁要你模仿的、次等的且没有性格和特色的东西呢？"她感叹说。当国际化被误解成模仿和抄袭的时候，城市就逐渐失去自己的面貌，走到哪里都似曾相识。她的结论是：在全球化排山倒海而来时，最大的挑战可能是我们找不找得到西方与东方、现代跟传统、新的与旧的那个"微妙的衔接点"，找到这个"点"，你就在全球化大浪里找到了安身立命的地方。

三

国际化和全球化之间，原来是这样的一种"紧张"关系，"文化立市"的关键之一就是找到与国际接轨的"微妙的衔接点"。找到这个"点"，文化就是活的，传统也因此而刷新，城市的国际化形象才名副其实。

说到"活的文化，新的传统"，我想起了日本那位叫小川的宫殿木匠。日本的宫殿木匠掌握传统绝技，专修宫殿建筑，多为世代家传，本是可以安身立命的传统手艺。小川不是出身于这样的家庭，却喜欢上了这个职业。20世纪60年代，他拜日本宫殿大木匠西冈为师，是西冈的唯一弟子。西冈是法隆寺的专职木匠，却没有让自己的儿子继承祖传手艺，因为宫殿木匠的活儿越来越少，已不足以养家糊口。小川热爱宫殿木匠这一传统文化，苦等了三年才打动西冈的心，终于被收为徒。别人需要十年的修炼功夫，他只用了一半的时间就完成了。他代替师父西冈重修了难度极高的法轮寺三重塔以后，就离开师父，以自己的方式成为一代宫殿木匠的宗师。他的信念很简单：师父是吃不饱饭的宫殿木匠，他则要试着想办法让自己吃饱饭。他说，如果一种文化是活的，就应该能让人吃饱饭；一种文化不能养活自身，那这一文化就死了，怨不得其他。

龙应台算得上是小川的异域知音，她说："传统从来就不是死的，死的只是我们自己的眼睛。传统永远是活的，只是看你当代的人有没有新鲜的眼睛，活泼的想象力，大胆的创新力，去重新发现它，认识它，从而改变它。"

原载 2004 年 3 月 6 日《深圳商报·文化广场》周刊

何其幸也！

一

　　《文化广场》周刊于 1995 年 9 月创刊，风风雨雨三年多，走完了花开花落的第一季，那该是能用"老广场"称呼的时代了。"老广场"谈了许多的文事、人事、书事，有些读者至今还常常提起。"老广场"也讨论过深圳文化，争论的是"文化沙漠论"中的微言大义，涉及"文化忧思""青春文化""移民文化""文化松软地带""文化桥头堡"等话题，引来了诸多善意的回应，也引起过无谓的纷争，惹来过恶意的讨伐。还好，俱往矣！ 2003 年 3 月，《文化广场》终于复刊，转瞬已经一年。复刊前，"文化大省""文化立市"的呼声已经一日高过一日，一年后，"文化立市"已不仅仅是研讨主题，更成了深圳的城市发展战略，激活了"两城一都"的文化理想，诞生了若干前所未有的配套政策。有了报社内外有识之士的决策与推动，《文化广场》的复刊可谓"复逢其时"，又赶上"文化立市"这样的氛围和土壤，"新广场"何其幸也！

有时候，想想这"老"与"新"的转变，我心里会有些感慨。《文化广场》见证过而今天依然在见证着深圳文化的成长和深圳城市的成熟。当年的许多话题现在没有必要再谈再争了，这话题的转变不正意味着深圳文化的嬗变？而对编辑人员而言，"老"与"新"的转变，也需要小心迈过岁月的"鸿沟"，勉力面对"复刊难于创刊"的挑战。更大的挑战却是，我们需要不断和作者、读者一起思考和回答关乎我们每一个人的问题：

在"文化立市"战略的导引下，未来全球化了的深圳会在哪个文化方位？国际化了的深圳将会走向什么样的文化格局？在这一大背景下，每一个市民的文化权利又将如何实现？"水泥森林"如何才能变成精神家园？

我们也许无力回答这些问题，但是我们不能停止思考。《文化广场》周刊复刊一周年、创刊近十年的时候，我们提出这一问题，以要求自己时时面对，并诚恳求教于智者方家。

二

我们提出的问题诚然很大，但任何大问题都是由无数小问题组成的。《文化广场》眼下的使命是不断"细分"大问题，并且陆续对"细分"后的问题给予持久的关注。

一年间，我们做了近五十个封面或跨版专题，以异乎常规的版面推出了几十位文化人物，并通过这些文化人物，透视了若干文化事件。因为我们知道，这些文化人物的成就，往往标识着一种文化高度，他们的目光常常反射出我们的文化方向。这些文化人物有国内的，也有国外的，他们的存在，初看起来离深圳本土很远，其实却与我们的文化生态息息相关。深圳文化的建设不宜关门埋首自说自话，尤其是当我们正在设法让深圳成为国际化城市的时候。国际化的市民需要有国际化的视野，需要对国际有更多的了解。对国内国外了解得多一些，我们对外"呈现"自己的时候，会显得很明智，有见识，能安稳，在国际会议上有站得起来也坐得下去的从容，在文化成绩上有"拿"得进来又"送"得出去的大气。我们也推出了一些深圳的本土文化人物，而且还将陆续推出。这并不意味着他们全是可以和大师级文化人物平起平坐的顶尖高手，也不意味着他们在深圳就一定是没有争议、众望所归的城中"奇才"。他们生活在我们身边，他们的努力值得我们嘉许，他们的成功值得我们分享，他们的文化价值，周围的人或许容易视而不见，因此需要我们格外关注。他们来到广场，就仿佛来到一个和国内外大师对话的平台，他们发出的是深圳的声音，我们愿意看到这声音传得更远。

这一年间，我们开始了"深圳文化何处去"的讨论，也开始了关于"文化立市"战略的多方对话。文化建设不像盖房子那样有了图纸和建材就可以"万丈高楼平地起"了。文化产业的繁荣需要在政策引导下靠市场化逐步实现，创意都市的形成需要有步骤的整合资源，引进各路优秀人才和多种成功制度，但是文化良好生态的形成却需要讨论培养，需要宽容和多样化，需要不同视野的融会和不同观点的碰撞。关于市民的文化权利，很重要的一点是市民就自己城市的文化有发言的权利。我们会继续守望这一权利，并尽力促成其更好地实现。

在这一年里，我们还着力推荐了百余种经得起考验的新书，有文学类的，有历史类的，有经济、法律专著，也有人物传记、报告文学。这些书有的市场反应良好，也有上不了畅销榜却真正值得一读的。有了"深圳读书月"活动，深圳就有了铸造书香社会和学习型城市的契机，而要建设高品位文化城市，这个城市读书的品位应该率先提高。一个只读实用书籍、专业教材的人不会有高品位的人文素养，因而也失去了成为高品位市民的空间，一个城市也是一样。

我们的《广场话题》《广场沙龙》等版面，力图营造的是一个"观点超市"，在这一年间，有人在这里表达过一两次自己的见解，也有更多人经常在这里说东道西。我们需要不同的作者就相同的文化话题做系统的阐述，也需要相同的作者就不同的话题发表点评式的见解。有了这"一"和"多"的互相补位，一个让读者可以"各爱其所读，各读其所需"的阅读空间才会渐渐养成。

三

许多评论者认为《文化广场》有了自己的风格，我想，他们所说的"风格"，也许是指我们选稿、选书、选作者有自己的标准（这需要感谢作者对我们的青睐和读者对我们的首肯），又或者是指我们的版面设计有自己大气、活泼、新颖的"表情"（这真要感谢文字编辑和美术编辑在创造力和想象力上的默契配合）。"风格"其实就是选定一种姿势然后坐稳，是坚持"有所为有所不为"之后的所作所为，甚至可以说，"风格"的形成有时候竟来源于"局限"。有了风格，我们的任务就变成了如何突破自身的"局限"，超越既有的格局，这需要更有勇气的创造。

我们对真正的创造怀有敬畏的感情，这感情于是成为一面镜子，照出了我们的许多不足和"局限"。复刊仅仅一年，我想我们还有机会继续前行并自我突破的。

原载 2004 年 3 月 13 日《深圳商报·文化广场》周刊

附：

我们这一年

陈思和：鲜明的编辑风格

洪侠兄电告《文化广场》已经复刊一周年，我为之击节庆贺。不用说，《文化广场》上为我喜读的文字颇多，是我每周必读的少数刊物之一。中国的大报一般均有文艺副刊，但其编辑风格大致上是相同的，差异仅在选稿质量而已。但《文化广场》深得我心者是鲜明的编辑风格。洪侠兄是性情中人，他是以非常主观的挑剔眼光来设计栏目内容，常常能有发人之未发的惊人之举。版面的设计也体现了他的大胆风格，不计重复地推出中心人物和中心思想，给人留下了强烈的印象。

我去年出任《上海文学》主编时，洪侠兄给了我很大的支持，后来我们两家在刊发稿件上也一再遥相呼应，体现了当下文化人相濡以沫的可贵友谊。但我更想表示感谢的是，

《文化广场》在体现主编个人编辑风格方面给了我莫大的启示。我一向认为，一家真正优秀的刊物的主要标志就是主编个人与众不同的风格。在现代史上，我们引以为骄傲的是陈独秀的《新青年》、茅盾的《小说月报》、施蛰存的《现代》、胡风的《七月》、储安平的《观察》等，这些都是主编的名字与刊物的名字紧密连在一起的，主编的思想才华以及所提倡的主张都是通过一家杂志传达到读者中间去，团结和鼓舞一大批读者。这样的刊物才能算是有风格的刊物，也是有思想、有生命的刊物。但在今天的文化环境下要做到这一点非常困难，所以洪侠兄的编辑实践是值得我们重视的。

我一向很喜欢深圳这个城市的文化氛围，现在《深圳商报》的《文化广场》梅开二度，并已坚持了周年，它将继续延续这样一种生机勃勃的精神，成为人们所喜爱和信任的文化读物。在此我衷心祝愿它健康活泼、茁壮成长。

袁伟时：拥抱全世界！

开放造就了深圳，开放是深圳的生命线。文化在深圳的发展路在何方？答曰：更大胆地开放，把全世界的优秀文化迎进来！

生存、发展、安全、欢乐，这是人类永恒的追求。这个过程的记录就是文化。

时至 21 世纪，文化已经没有国界。你中有我，我中有你，难分难解。"华夷之辨"不过是 19 世纪大清帝国颟顸大员的打人大棒，历史已经记下他们固守这个思想牢笼误国殃民的罪责。20 世纪的修订版是追问"姓资还是姓社"，留下的依然是贻笑大方、抗拒文明的愚昧标记。

以 WTO 的规则和联合国两大人权公约被绝大多数国家认同为标志，非制度性文化已进入公民各适其适、自由选择的领域。这正是文明国家、文明城市纷纷标榜多元文化的奥秘所在。

难道文化没有糟粕，不要抗拒外来的污秽吗？当然要拒绝糟粕，而且我们相信现代人类心同理同，真正的糟粕总是遭到有教养的公民共同排斥。

以狭隘民族情绪蛊惑人心，是文化发展的大敌。

远的不说，最近二十多年，有的人曾起劲批判市场经济，批判讲人权、讲公民的个人自由，说是不合国情的西方腐朽文化。曾几何时，这些都成了宪法明文规定的条文，有的则是本来就有的条文。

深圳不愧是改革开放的前沿。她坚持主旋律与多样性的统一，强调多样性是文化发展的重要特征和基本趋势。她以海纳百川的胸怀，不断吸收人类文明成果。

开放的经济应该有开放的文化与之相适应。中国人应该有宽广的胸怀，把全世界一切民族的先进文化都引进来，使我们的生活变得更加多姿多彩。祝《文化广场》在促进文化繁荣和文化转型中做出更大贡献！

止庵:《文化广场》的"反排行榜"

前些时候，北京举办图书订货会，我发了一点儿议论。我说现在出版社讲求发行量，很多报纸也喜欢做"排行榜"。这诚然是评价书的标准之一，然而另外还有一个标准，就是价值、质量，或者说文化含量。把这两个标准结合在一起，可以将书分为不同类别：有的价值高也好卖，有的价值不高但好卖，有的价值很高但不好卖，有的价值不高也不好卖。当然更多的书是介乎其间，价值一般，卖得也一般。这是正常现象，全世界都一样。我所担心的是，有可能出现这样的趋势，就是只用发行量这一个标准来评价一本书。毫无疑问，书是一种商品，但不是一般的商品，在商品的属性之外，它还有文化属性。书的出版还有文化建设的意义。对于读者来说，今天以前所有出版的书，都可能成为阅读的对象，他并不只是阅读现在出版的书，真正懂得读书的人，什么书好才读什么书，并非什么书新才读什么书。那么出版社也不应该只是面对此时此刻买书的人。过于急功近利，就会失去未来的读者。

出版也是一种文化建设。有的书的确很好，很重要，卖得也许不是很好，但是不应该被忽略。我们的文明就像一条河，出版一本大的好书好比给这河里注入一股水，小的好书好比注入一滴水。这种文化建设的意义，不一定马上反映出来，但是能够造福于后世。现在很多出版社还在出这种好而不赚钱的书，有时可能只是因为责任编辑有种责任感，是某个人坚持对文化建设做出贡献，对此媒体应该给予鼓励和支持。作为群体的读者是需要引导的。这几年很多媒体跟风太厉害，只盯着畅销书、排行榜。炒作是对读者的一种引导，还应该有一种与炒作相反的引导。是不是可以做一个"反排行榜"，专门提示一段时间内出版的被受众忽略了的或低估了的特别有价值的书？如果出版社领导不支持，读者不留心，媒体也不关注，这样的书可能很快就不再有人给出了。

后来有记者打电话给我，想要详细了解"反排行榜"的内容。其实我不过是强调媒体不要光盯着排行榜做文章，应该有点儿自己的主见罢了。如果非要落到实处，可以说《文化广场》近乎我心目中的"反排行榜"。很多具有文化建设意义的好书在这儿被介绍、被评价。举个例子，古希腊的《路吉阿诺斯对话集》（周作人译，中国对外翻译出版公司2003年1月出版）就是一部上不了当今的排行榜，然而确实很有价值，又曾经受到《文化广场》重视的书。我觉得这反映了主编人士的眼光、魄力和对文化建设的责任感。

在《文化广场》复刊一周年的时候，我说这些话，可以归结为一句祝愿：希望能够坚持下去——因为谁都知道，跟风容易，反之则难。

潘小松："风格即《文化广场》"

上个星期六，我散步路过京伦饭店，进去看看，无意发现前台赫然放着《深圳商报》。而这一期《文化广场》上《图文后花园》版正好有我的文章《导游书里的美丽插图》。你说这是不是缘分。

北京和深圳粗算有两千公里之遥，要不是现代通信技术提供的方便，我恐怕不会感觉《文化广场》离我这么近。"你的文章，我们'爱书人'版可以用。"听见电话那一头的声音，感觉是对面那栋楼里传过来，我并没觉得那样遥远。《萨尔茨堡访书记》也是这么天涯咫尺般地通过电子媒介传送到《文化广场》的。说实话，除了方便快捷这个因素，我把稿子投得那样远，还有一个个人原因，就是我喜欢《文化广场》的风格。写《昆虫记》的法布尔有一句名言"风格即其人"，这也是写《资本论》时期的马克思喜欢引用的话。现在《文化广场》复刊一周年了，无以为贺，就送上"风格即《文化广场》"吧。送这样大的字眼，我好像缺少分量和资格，但却是发自心底的话。大年三十接到电话约我写怀特，我就看准了《文化广场》有风格，这风格不只是浮于纸面，更刻在编者的敬业精神里。

我跟《文化广场》的编辑朋友们并不曾谋面，但这并不影响我们之间的合作，大概所谓默契指的就是这个吧。说实话，要不是有《图文后花园》，我的文章《收藏维多利亚时代》之类恐怕会永远烂在肚子里，介绍画家肯特的文字永远也不会产生。《图文后花园》让我发现自己的藏书里竟然有形式上那样美丽的东西。由此我想到，好的编辑原来也像缪斯那样可以激发灵感。现在，送上一句不需要身份和资格的话：谢谢《文化广场》激发了我写文章的灵感！现代文场和学坛分工很细，文章和学术的规范也很严格，稍微有个性、有灵气的文字恐怕将来只能通过《文化广场》这样的园地来流露表现。这是我珍惜《文化广场》这块"自己的园地"的原因。每一个园丁都希望有自己的园地以发挥自己的想象力和创造力。假如你是园丁而暂时又没有园地可侍弄，那你不妨试试《文化广场》为你提供的园地，只是别忘了给读者送上些美丽的花和可口的果实。我希望有一天园丁们异口同声地说，《文化广场》是我们大家的园地。

原载 2004 年 3 月 13 日《深圳商报·文化广场》周刊

往事都到哪里去了？

我的外祖母年纪很老了都还能坐在那架黑红黑红的木制织布机上织布，吱吱嘎嘎的声音怎么听都不像课本上《木兰辞》里的"唧唧复唧唧"。我很小的时候外祖母总不愿意我去那间摆放织布机的屋子里玩，说是我会把线头扯断，梭子玩坏，脚踏板乱踩，连摸一下刚织好的平展展又有点湿乎乎的花布也不让。外祖母说："就你那脏手，一百年都不洗，别把我的布弄脏了。"我反抗说："谁稀罕你织的粗布，长大了我穿'洋布'，哈哈！"

"哈哈"完了以后很多年我仍是"粗布"裹身。外祖母早把织布的手艺传给了母亲。村里人都说我母亲手巧，能织"四片综"的花粗布。我家的大小褥面、被面，还有我们的棉衣、单衣，都由母亲一双手织出来。我藏在墙角里的那半部发黄变脆、四角磨圆的亚东标点本《红楼梦》里，常常夹着几十块母亲织的布样，乡亲们时不时要走一两块，去照着图样学着织。后来，"洋布"就多了。母亲总说"洋布"不好，"哪比得上粗布，暖和、实着，贴身贴心，又不用花钱去买"。可是我们越来越不愿意穿母亲织的粗布衣服了。她也想把织布的手艺传给姐姐，可是姐姐刚刚学了个十之一二，村里的织布机就没剩几架了。人人都喜欢"洋布"，谁还愿意费时费力吱吱嘎嘎织粗布？有点闲工夫，那些婶子、大娘、姐姐、嫂子们都去看电视连续剧了。有一年春节我回老家，起了念头想再去看看织布机，问谁谁都笑，那破玩意儿，早当柴火烧了。

二

外祖母和母亲无论如何想不到，如今纺车、织布机成了文物，常常陈列在农村生活展览室。她们织的"四片综"的粗布，原来就是"鲁锦"，眼下也纷纷身价大涨，进了博物馆，上了博览会，还被开发成旅游工艺品，销往带头织"洋布"的"洋人"家乡。从纺棉成线到织布成匹，她们驾轻就熟的一道道工序都晋升成手工艺了，她们常哼的织布小曲由民俗学家整理成了中国民谣：

"……好使的车子八根齿，好使的锭杆儿两头尖，纺的穗子像鹅蛋。打车子打，线轴子穿，浆线杆架着浆线橡。沌线棒棒拿在手，砰砰喳喳沌三遍。旋风子转，落子缠，经线姑娘两边站，织布就像坐花船，织出布来平展展，送到缸里染青蓝。粉子浆，棒槌掂，剪子铰，钢针钻，做了一件大布衫……"

我当然再也听不到这样的小曲，倒是偶尔听到一首来自台湾的歌，是一位善织布的老婆婆唱的：

"今天我们都在这里／尤玛／你今天来学织布／这样讲解你会了解吗／你不会了解我的过去／为什么会这样想念过去呢／这些我都曾学过／你会继续吗／我已经忘记了／也不

能织了／眼睛也不再清楚了／如果还能记得／那该多好呀／织布的事你知道了吗／你若能学会，那该多好啊／往事都到哪里去／以前的往事都到哪里去了……"

"往事都到哪里去了？"很多的学者也在问。他们还想问问：在现代化的今天，手工劳作真的没有市场了吗？手工艺品能否在旅游开发中获得新生？纺织机消灭了织布机，工业化中断了手工劳作，市场化战胜了自给自足，全球化冲破了区域封闭，手工艺品要走的路在哪里？路有多远？终点站在地图的哪一端？深圳有没有可能在整合中国传统手工艺资源上有点作为？当文化成为商品，当文化制作成了文化产业，手工劳作的价值能在哪一条线路、哪一个环节重现往日光辉？于是就有了深圳的陈悦成、刘子龙他们积极组织和参与的一个论坛——中国首届旅游工艺品（深圳）学术论坛，袁运甫、张仃、黄苗子、郁风……许许多多的专家都来了。

三

王鲁湘给这个论坛写了个"宣言",标题极具"可呼性":手工劳作万岁。说"万岁",人类手工劳作的历史确实已经上万年了,已经"万岁"了。说希望"手工劳作"再"万岁"一次,我想这真是一件不容易的事。让手工艺品进入旅游开发序列,纳入文化产业链条,让手工劳作足以致富,让手工艺人吃得饱饭,这是以"万元"支票促"万岁"寿命的方法了,一些幸运的传统手艺肯定能因此得以延续。然而,正如我们已经知道的,文字书写时代的来临,湮没了无数口口相传又来不及记录的史诗与传说,电脑化的结果,也可能会使许多一时无法存盘或无法复制的文化大量流失。正因为机器的降临,许多的手工劳作才无奈退场,我因此担心的是,以市场为导向开发手工艺品,传统手艺必又得经历一番洗礼、一番选择、一番再造,之后我们还能认出它的来历和面目吗?不是所有的手艺都经得起市场的折腾,那些无法搭乘"旅游专列"的手艺又该如何安置?

工业化、现代化、信息化是个好东西，我喜欢。又舒服又轻巧又美观的机制面料服装我也舍不得不穿，可是我也常常怀念我外祖母和我母亲手织的"四片综"的花纹粗布，如果她们还健在，我会央求她们再给我织上几匹，之后精心珍藏。我的手会时常轻轻划过那连绵不绝、粗犷大气的几何图案，我会感觉那是在哄着自己的童年再一次进入梦乡，免得被隆隆的机器声惊醒。我于是想，明天开始的这个论坛解决不了"手工劳作"面临的所有问题，需要有另外一批人（主要是政府），做另外一件事：建更多的民俗博物馆，抢救那些因无法市场化而面临绝种的手工艺，完好保存已不堪开发的"手艺现场"。也许它们"死"了，可是因为看得见它们，我们会活得意味深长。

原载 2004 年 3 月 20 日《深圳商报·文化广场》周刊

附：

王鲁湘：手工劳作万岁

从新石器时代开始，人类精细的手工劳作已经"万岁"了。

手工劳作伴随着人类已经走过一个又一个辉煌的时期——石器时代、彩陶时代、青铜时代、漆器时代、金器时代、瓷器时代……

至今为止，人类在器物层面上所创造的堪称为艺术品的东西，几乎无一不是手工劳作的产物。在历经时间的沉汰之后，它们被后人恭敬地称为文物。它们的价值实际上就是手工劳作的价值，它们所放射的光辉其实都来自于人类双手赋予它们的体温。跨民族、跨地区、跨国家的手工艺品之所以能够被不同时代和不同文化背景的人们所共同喜爱，都是因为它们带着与人类双手相同的体温。

人类为了自己的幸福和控制自然的权力，发明了工具。工具只不过是人手的延伸。在这个意义上，手工劳作是一切劳作之本，手工劳作的价值、尊严和美是永远无法被替代的。人类进入工业文明以后，直接的手工劳作被边缘化了，但同时也稀缺化了，手工劳作传承的链条也残缺不全。这是一个不祥的信号。

手工劳作真的会远离我们而成为一个遥远的传说吗？我们不知道。我们唯一知道的是，上帝并没有给我们双手，是我们用双手使自己成为上帝。手工劳作万岁！

原载 2004 年 3 月 20 日《深圳商报·文化广场》周刊

凌晨忽然想起"鬼屋"

一

北京的袁运甫教授来深圳开会，顺便到中山市看了看。他对专访他的《深圳商报》记者说："那里有一个建筑设计让我感到震惊。"你一定会问：见多识广的袁教授到底为了什么而震惊呢？

原来他去看了中山岐江公园。

一个公园也值得大惊小怪吗？是的，这个公园有点儿特别。我碰巧查到了美国景观设计专家的一篇文章，题为《工业的力量——中山岐江公园：一个打破常规的公园设计》。

他曾经三天之内去了公园四次，每次都有惊喜。他说："一进公园，首先映入眼帘的是一个广场式的入口，高大的钢铁构架一定是厂房建筑的承重结构部分，经过精心修理被完整地保留了下来，矗立于水湾之上，唤起了中国人对过去火红年代的回忆。公园独具匠心的工业化主题设计，满足了不同人的休闲需要。孩子们喜欢亲近驳岸与溪水嬉戏，大人们愿意静静地沿着栈桥与直线路网散步，老人们则每天清晨在如茵的草坪上练太极拳，曾在船厂工作的人们来到这里，追忆那段难忘的岁月，更多的学生在这里，真切体会到了他们只在教科书上看到的历史。"

岐江公园建在中山市粤中造船厂旧址。这家船厂建于20世纪50年代初，到了90年代中期，产业调整了，城市转型了，昔日造船厂的灯塔黯淡无光了，政府于是想到要在这个地方建个公园。那时几乎每个城市都在拓广场、建公园，都市景观纷纷变脸，可惜变得有些千城一面，难辨你我。中山市找到了北京的景观规划机构，委托他们设计公园，首席设计师是毕业于哈佛大学的第一代景观设计博士俞孔坚。俞孔坚想借鉴国际上保留、更新与再利用工业遗迹的方法，以工业化主题显现人性与自然的美，用小公园讲一个大故事。他们提出了自己的设计理念：1. 设计一个延续城市本土建设风格的主题公园，满足当地居民休闲需要，吸引外来旅游者的目光。2. 设计一个展现城市工业化历史的主题公园，记录城市的工业化特色。3. 设计一个充分利用当地自然资源的主题公园，融最新环保理念于一体。

几年之后，公园大功告成，还获了全美景观设计荣誉大奖。化腐朽为神奇，袁教授感叹道："这真是一个难得的好创意！"

二

这确实是一个难得的好创意，不过，我倒是觉得，比"难得的好创意"更难得的却另有来历。

其一，设计者不想搞一个没有城市个性、只有绿树红花青草地的"崭新"公园，他们想把船厂的旧设备保留下来。

可是，很多城市都盯着几百年上千年的文物呢，多少栋百年老房子不都倒在了房地产开发的硝烟中？才几十年历史的水塔、龙门吊算什么文物啊？然而，政府竟然就同意设计者的理念。官员不自以为是，不拍自家脑门儿决策，专业领域里尊重专家意见，难得！

其二，讨论方案时，专家们对设计理念各执一词，吵个不休。多数专家都质问：机器设备要留吗？又不是文物，又锈蚀得不成样子，又没有什么使用价值，又占了那么多空间，还不如当废铁卖掉！俞教授则据理力争，工业遗迹也是文化沉淀，自有保留价值，问题只是如何将生硬化为柔软，将陈旧翻为新颖，将散乱的整合成有机的，将潜在的提炼成凸显的，将实用的改造为观赏的。几番争来论去，俞教授竟然赢了。真理越辩越明，真理有时不能以学术会议上的"表决"论输赢，学术上的"少数"能够取胜，难得啊！

其三，公园是市民公共空间，仅仅专家说了算吗？市民难道不应该参与自己的公园设计吗？经过一系列的专家评审之后，公园的设计方案交给了公众。设计师们用电视、广播、模型等手段，给市民演示方案，征求意见。奇怪的是，评审会的大部分专家还是觉得破旧的厂房有些乱，锈蚀的机器欠缺装饰效果，"直线路网"太反传统，简直就没有"曲径通幽"的意境嘛！然而中山市的市民却表示认可，说他们喜欢公园的设计，说这些机器让他们想起"激情燃烧的岁月"。公众的空前参与，成功显示出民意的力量，难得啊难得！真是鬼使神差一般，我忽然想起了"鬼屋"。

深圳是一个崭新的城市，很多空间还不到"废弃"的时候，"再利用"的空间十分有限。深圳又是一个寸土寸金的地方，供"再开发"的公共闲置空间又有多少呢？我因此觉得深圳更应该格外珍惜那些蕴含着城市记忆的景观，哪怕它们的历史并不长，规模也不够大，也不管它们是公营的还是民营的，只要它们有独特的内涵，有艺术的价值，有文化标志的意味，就该让它们生存，并加倍细心呵护。我忽然就想起多年前去过的"鬼屋"了。关闭"鬼屋"的是是非非早已尘埃落定，我无意无端吹起无谓的烟尘，只想上网去重温当年"鬼屋"的视觉胜景。可惜，"鬼屋"消失的时间有些

"超前"，那时网络还不发达呢。生不逢时又死非其时，"鬼屋"在虚拟世界里也没留下多少痕迹。

网上倒是有零星的文字提到这间叫作"鬼屋"的乡巴艺廊民俗艺术馆：

——"……百无一用的我，除了高声疾呼'快到乡巴艺廊来'，除了向着这片蓝得令人心醉的天空悲叹，除了对着火辣辣的骄阳流泪，还能做什么？还能做什么啊！"（李瑞生）

——人称"鬼屋"的乡巴艺廊，是深圳大学艺术系教师李瑞生出资数百万元，历时十五年创建的名震国内外的家园……"鬼屋"没了，原先与三千平方室内展厅、餐厅浑然一体的艺术珍品大部分堆在学校仓库里。（广州某报专稿）

——颇具人形的房屋和堡垒，用机械和废品巧制的座椅、吧台，极富生命力的抽象意味的木雕、装置、挂毯……这些极具人文关怀的、具有历史价值的现代艺术作品，希望不要从深圳美术史上消失。（应天齐）

——发生在深圳大学校园里的一件事却让我十分震惊……（刘子建）

是袁运甫教授的震惊让我想起了刘子建教授的震惊，又让我想起了"鬼屋"的吗？你不必问，见多识广的刘教授到底为了什么而震惊呢？

原载 2004 年 3 月 27 日《深圳商报·文化广场》周刊

老屋也是绿色的

龙应台提前进入互动时代

　　都说是网络开启了作者与读者互动的新时代，作者一边写作，一边贴在网络论坛上。读者有感慨、有批评，就写成回帖，作者受了回帖的激发、启发、开发，立刻回应别人眼下的意见，或者修正自己原来的思路。等到作品结集出版时，作者把自己的文字和网友的回帖编在一起，展现在我们面前的作品因此不再是自说自话的创作结果，而更像是互动交流的创作过程。

　　其实，如果不考虑"即时"因素，龙应台的书早就提前进入互动时代了。1985 年，她出版《野火集》，三分之一的篇幅即是读者的回应，几个月前，她出版的新书《面对大海的时候》中，更有多达三分之二的内容是别人对她文字的回应与批评。她的文字一向"火力"甚猛，容易惹起议论，而她也确实是注重交流与对话的作家，连读者以更猛烈的"火力"回击她的文字都照收书中，这就是她的自信、胸怀与见识了。她在"前网络时代"已经按"网络模式"写作，当然，她也与时俱进，当了三年"文化官"后，她在报纸上开设《城市文化》专栏，每篇结尾处都忘不了写上自己的电子信箱。

去年冬季去台北，我在光华商场旧书市场找到了《野火集》的初版，想起 20 世纪 80 年代在长途火车上读大陆版《野火集》的日子，感觉时光果然就是一条隧道，隧道的这头和那头总有相通的时候。也正是在去年，龙应台写了《在紫藤庐和 Starbucks 之间》，由此点燃了新一场"文化野火"。我在台北住的那家酒店，恰巧就在紫藤庐茶社旁边，于是想起那篇文章的结尾："'国际化'不是让 Starbucks 进来取代紫藤庐，'国际化'是把自己敞开，让 Starbucks 进来，进来之后，又知道如何使紫藤庐的光泽更温润优美，知道如何让别人认识紫藤庐的不一样。Starbucks 越多，紫藤庐就越重要。"

该给老屋什么颜色？

深圳一帮不法之徒为一己之利而大肆毁林，引起"天人共愤"，《深圳商报》近来的"毁林系列报道"迅速让"绿色家园"成了都市的公共话题。我们在照片上看到了森林里的斑斑苍白，看到了横卧"沙场"的夭折树木，也看到了官员与市民的拍案而起，看到了毁林者手上的铮铮铁铐。这场"绿色风暴"过去之后，我们希望深圳的山水树木从此安然无恙。

家园因葱郁的树木而呈绿色，这是大自然的恩赐。家园还应该因文化而现绿色，这就靠都市人的努力了。听说深圳为数不多的堪称文物古迹的老房子命运也不佳，有人想拆，有人想保，开发与守护的矛盾无处不有。我于是想，保护自然生态，可以称之为"绿色家园行动"，保存城市的文化记忆，如果也成为"家园行动"，那该给它冠一个什么颜色？红色？灰色？黄色？蓝色？

其实都不对，应该还是绿色！

《龙应台当官》一书中，有《绿色运动》一章，记述龙应台做"文化局长"时在台北市掀起的一股"绿色"风潮。她开了文化局管树木的先例，倡导树木是活文化，不管树龄够不够老，均应善待。她逼得许多施工部门不得不一次次修订方案，给绿树让路。她说城市的树木维系着土地与人的牵挂和互动，是城市的整体记忆，有具象的实际用途，也有抽象的文化内涵。"刀下留树"的树木保护运动之后，她将"绿色革命"延伸到了更广泛的领域，包括闲置空间再利用，包括保护名人故居，包括留住老房子、老街道的原貌，促其成为文化产业的一环。

保护绿色家园，首要的是这个家里的所有人都有一双"绿色的眼睛"，这双眼睛不仅仅看山、看水、看树、看林，更要看人，不仅看人的现在，还要看人的过去和未来。我们需要尽可能多地看护住城中与深圳记忆有关的细节，这样我们才有可能逐渐形成共同的城市记忆，才会慢慢培养起认同感、家园感。说到底，文化就是和记忆有关的东西。龙应台说一个城市，"因为有共同的记忆和历史，因为记忆和历史在生活中深深沉淀，沉淀成文学、艺术和戏剧，它会散发出一种光芒，这种光芒，巴黎的香榭大道有，伦敦的泰晤士河岸有，纽约的公园大道也有"。

拆什么建什么是文化选择

为了利用闲置空间，龙应台在台北建起了"艺术村""艺文沙龙"和"台北之家"，这些地方都向市民开放。她似乎对上海"新天地"的开发模式不欣赏，觉得开发商不该把老的石库门拆掉。

"都市的改造不只是拆房子建房子，拆什么建什么的每一个决定其实都是文化的抉择，透露出我们对过去的认识以及对未来的想象。老屋代表着生活方式、处事态度，甚至是生命哲学。拆老屋建新屋，不仅只是土木工程，它还是文化的开启与创造，是我们传承给下一代的生命哲学。这么重大深沉且影响长远的问题，岂能只是一个'开发'的经济问题而已？"

她看重的是历史与未来的互动、经济与文化的互动、全球化与国际化的互动、紫藤庐与 Starbucks 的互动、城市与记忆的互动、市民与公共空间的互动、老屋与新楼的互动。她写文章出书那么注重互动，原来根源在此，倒与网络没什么关系。

原载 2004 年 4 月 3 日《深圳商报·文化广场》周刊

旧时月色

"这算不算是一种'背叛'"?

评论家李陀对作家阎连科说："你的写作一直保持着对农民处境的关注和思考，形成你写作的基本动力，这很不容易，这样的作家在当代中国已经不多了，寥寥无几。"说着说着，李陀都有些激动了，"我们打开电视看看，全是帝王将相、才子佳人，工人在哪儿？农民在哪儿？"李陀甚至认为现在的文学对工人、农民有一种"背叛"，许多作家从根儿上否认工人、农民在文学中应有的地位，这算不算是一种"背叛"？

算！诚然，红红的《艳阳天》并不真是"工农兵文学"深邃悠远的天空，长长的《金光大道》也不是农民走进文学的康庄正道，但是，送走了"高大全"和"三突出"，迎来了市场化和全球化，作家的眼睛怎么就很少看见黑土地、黄土地、红土地了？他们为什么都一窝蜂地喜欢仰望康乾盛世的"艳阳天"，或者争先恐后地走上了"小燕子"们脚不沾地的"金光大道"？

在这样一个多市场风向、少文学良知的文学世界里，我格外看重依然在心中笔下坚持给农民一席之地的人，所以也一直关注作家刘家科的乡村散文。他的散文集《沙漠那边是绿洲》迟了两三年后终于出版了，值得庆贺（相关评论见今日C6版）。这本书只是他系列乡村散文的起点，尚未形成大的格局。他后来写的《骂街》等才当得起"文坛十余年难得一见"的评价，他最近开始写的乡村异人列传更是有了文学与文献的双重价值。那天我在电话里对家科说，你一定要将这个系列坚持下去，最好写上一百篇。我还说，谁都知道中国自古以农业立国，近百年间世情国情大变，农民的命运也天翻地覆了好几回了，1949年以前一个样，1949年之后一个样，这二十多年来又是一个样，其间变化之巨大，乡村形态冲击之猛烈、农民生活方式"刷新"速度之快，几千年间何曾有过？如今全球化旗帜猎猎响个不停，以后的农村是什么样子，不是现在那些经历了上述三个或两个阶段的农民所能想象的了。从生产、生活方式角度看，现在有些年纪的这一代农民，该是中国最后一代传统农民了，或者我们该称他们为"末代农民"！"以后你的一百篇乡村异人列传，就是留给后人的《末代农民传》啊。"

"我们喜爱这点特色"

本文开头所引李陀的话，我是在今年第三期《读书》杂志上读到的。这几天我在广州开会，行前想着带几本书消遣，就选了《读书》杂志和张爱玲写中国农村的小说。近来报纸上有消息说，坊间突然出现了一个《读书》杂志的什么《公务员版》，《读书》的"东家"——北京三联内部也因为什么事正议论纷纷，我因此无端地为《读书》和三联的命运生了几分担忧。三联的书，从出书选题到装帧设计，眼光与见识向来与众不同，我书房里的三联新旧版书籍，林林总总也有几百种了。我特别欣赏杨绛先生前几天写给《文汇读书周报》的几句话，她说以前的生活书店是他们那些知识分子的精神家园，后来的三联书店也是有书香、有特色，"我们喜爱这点特色"。

《读书》杂志的编辑我也佩服。前年冬天，朋友替我约了《读书》的老主编沈昌文在北京韬奋图书中心二楼咖啡馆见面。我和朋友先到了，挑了中间一个位置落座，立刻就被咖啡香和书香包围了。前方咖啡馆的深处有长桌一列，桌四周有宾客一群，众人皆以窃窃私语之声争辩着一个公共话题，朋友说那是《读书》杂志召集的小型学术座谈会。回头望去，则是书架琳琅，群籍安稳。正四顾间，沈公昌文风风火火地来了，脸色被门外的寒风染成了深红，像一本书话集的古朴封面。他传授了我几招编刊选书的"秘诀"，说一会儿还有约会，也是谈书的事。"我每天做的就是为书做'媒'

的事。"他的普通话并不标准，嗓音倒洪亮得很。

"我特喜欢'旧时月色'这几个字"

在《读书》杂志的老编辑班底中，我认识最早的是赵丽雅。

也是在北京，1996年的夏天，我北上组稿，顺道参加了一个沙龙，赵丽雅也去了。她面带微笑，安静地坐在一旁听与会者唇枪舌剑，却很少发言，仿佛别人说什么话她都愿意听。她的微笑像是蒙在脸上的一块锦帕，既过滤别人的观点，也阻隔争执中的烟尘。会间休息时，我约她为《文化广场》写稿，她微笑着说："我哪儿会写稿啊。"我递给她一张我的名片，她微笑着说："我可是没有名片。"主持人留她吃盒饭，她说："不行，我不习惯在外面吃饭。"就走了。

赵丽雅后来离开《读书》去了一个研究所，专著文集出了好几本。这次我们委派恰在北京的浅心去和她做了一个访谈（详见今日C4—C5版）。之前我打电话说服她接受我们的专访，问她又会有什么大作问世。她说刚刚完成了一本考证古时名物的书，书名两三年前就想好了，叫《旧时月色》，"谁知道这么好一个书名，让董先生抢去了，多讨厌啊！我特喜欢这个名字，和我书的内容真合适"。我只好招认董先生那本散文集是我编的，由我提供书名初选，董先生圈定。她说那你得赔我一个书名，我哈哈笑着，一口答应下来，结果到现在也交不出答卷。从访谈中，我知道她的新书又取名叫"落花深处"了，也不错！

十几年前，赵丽雅写文章，曾引过陈匪石《旧时月色斋词谭》一书的说法，也许那时她就喜欢上"旧时月色"这几个字了。她编《读书》，写《脂麻通鉴》，钩沉诗经名物，梳理先秦诗文发展脉络，果然一直沐浴在旧时月色里。于是我想，一个人心中没有旧时月色垫底，就没有沉静，没有深情，没有方向，没有厚度，没有风格，也就没有未来，一个民族也是如此。

原载 2004 年 4 月 10 日《深圳商报·文化广场》周刊

谁送我一枝玫瑰花

一

写下这样一个题目，难道是在征婚或者寻情吗？呵呵，不是！

再过几天，就是 4 月 23 日。那一天，每一个读书、爱书的人，都应该得到一朵或赠给别人一朵玫瑰。可是过惯了"情人节"，备受玫瑰涨价之苦又难舍给佳人送花之乐的人不免要问：难道还有另一个"情人节"？

不是"情人节"，是"世界读书日"（World Book & Copyright Day，又有人译为"世界阅读日""世界书香日""世界图书和版权日""国际读书日"等）。1995 年 11 月 15 日，联合国教科文组织正式通过决议，宣布自 1996 年起，每年的 4 月 23 日为"世界读书日"。这个倡议由西班牙政府提出，联合国教科文组织全体成员国一致接受。

图书与玫瑰又有什么关系？据有关报道，4 月 23 日是西方的"守护日"，这一天在西班牙有赠送玫瑰和书给亲友的习俗。教科文组织接受西班牙提议的同时，把他们的玫瑰也"留"下了。教科文组织希望，每年的 4 月 23 日，所有成员国都应该多搞活动，赠书和玫瑰花，办文学沙龙，请作者签名售书，推进图书的生产和传播，唤醒人们对图书和版权的重视，尤其是让青少年重拾阅读乐趣。

从此，每年的"世界读书日"，很多国家都举办很多活动，花样百出，书香浓郁。人们集会演讲，设坛对话，比赛作文，相互赠书。西班牙更是大街小巷布满书摊与花摊，还有游行庆祝、新书发布。马德里甚至还举行过"阅读马拉松"活动：邀集百位作家参与，每人两分钟，朗诵小说《堂吉诃德》。据说德国人还做过一件更绝的事——出版速度最快的书：邀请40位作家在限定时间内各自独立完成即兴命题作文，交稿后，出版社以最快的速度编辑、印刷、发行，这一切在一天内完成。活动参与者包括作家、编校人员、印刷装订工人、出版社成员、运输工人、活动承办者、书评家。全部图书销售所得捐赠给一个名为Cap Anamur的救援组织，用于资助阿富汗的一所女子学校购买教科书。每位作者不领取稿酬，只取样书一本，以作纪念。这本书的名字叫《速度——世界读书日之创造性冒险》。96页的薄薄小册子定价高达20欧元，但事关慈善，书本身又极具收藏价值，因此销售速度十分惊人。甚至图书尚在印刷厂之际，网上的竞拍已经开始了，价格一路攀升……

二

中国是发明纸张和印刷术的国家，按说"世界读书日"也该红红火火吧？可是并非如此。迟至2002年，都到了第七届"世界读书日"了，我们才首次开展了有关活动。有记者问中国书刊发行业协会的一位副秘书长是怎么回事，得到的回答是：过去我们的条件还不够成熟，因为"世界读书日"的活动需要出版社等各方面的支持，耗费相当多的人力、物力和财力……今年先在北京做一次试点，由中国出版集团和几家出版社参加，做一次前期准备，明年将扩大范围……

看了他这番话，我就明白了，原来是"钱"的问题，谁来出活动费用？也不能说这不是个问题。然而一位新华社记者参加了那年的一个小型宣传活动，却另有一番感叹：

这个创立七年的国际性纪念日在拥有世界最多读者的中国是如此陌生，以至于今天前来西单图书大厦参加活动的许多嘉宾和记者也是第一次听说。而几年来在世界一百多个国家，已经有千百万人在这天参加了各种各样的图书宣传活动，这些忽然让人心生几分困惑，不是因为不知道这个纪念日，而是因为作为最古老文明发祥地之一，作为构成图书基本要素的造纸和印刷术的发源地，作为当今人口最多也是年出书品种最多的国家，我们似乎从来没有把"读书"作为一种欢乐的节日。无论是"万般皆下品，唯有读书高"的古训，还是"知识改变命运"的新说，读书永远和种种"功利""目标"相联系。

读书的人确有"功利"问题，写书的、编书的、卖书的又何尝没有？恐怕还更严重些也未可知。"耗费相当多的人力、物力和财力"的事千千万，大把大把的钱还不是照花不误？得了表扬是"荣誉"，赚了点钱是"投资"，万一赔了就是"交学费"，怎么一到推广"世界读书日"，就成了"耗费"？

三

还好，2003 年的"世界读书日"，中国就热闹一些了，今年应该更热闹一些吧。前几天，我请深圳书城的陈锦涛、何春华两位老总小聚，谈起此事，我建议说送玫瑰啊什么的今年可能来不及了，明年就应该让深圳的大街小巷在"世界读书日"飘满玫瑰香和书香才对。他们说今年就想搞点儿活动。好！我这里敬他们一杯"文字红酒"，祝他们成功。

这几天我在网上搜索"世界读书日"的资讯，读到一篇去年发表在《中华读书报》上的文章《世界读书日的悲哀》，是一位新华书店员工写的。今天我们再听听他"哀在何处"，似乎也不多余。他说，今天是"世界读书日"，作为一名书业人员，并没有节日的欢天喜地，反而滋生几许的悲怆，拥戴这一天的人太少。换言之就是这一天与社会大众的生活似乎没有多大的联系，图书日的推广仍需时日。就是全国以此为生的50万书业人员，相信不会超过5％的人知道这个"节日"的缘起和理想。他说，中国城市的居民，图书消费大概只占人均可支出收入的1.9％，另有几千万居民目光依然锁定在身上衣裳口中食的层次上，还有一亿多民工几乎没有图书消费。城市里尚有如此多的人与图书无缘，农民的情况就更令人咋舌，他们消费掉的图书基本是子女所用的教材教辅这样的必需品。全社会形成共识，培养这一群体的阅读兴趣，恐怕是目前最需要的。他还愤怒地谴责道，出版发行领域也有问题，堂堂正正的出版社也在卖书号，屡禁不止。

他们和一些不三不四的书商相互串通，唯钱是图，图书定价居高不下，盗版图书充斥市场。最最大胆的一个家伙前几年竟敢盗版《邓小平文选》第三卷……

　　附记：关于"世界读书日"，起初还觉得有许多话要说，写起来才发觉都是没必要说的，所以掇拾有关资讯如上。其实，确定4月23日为"世界读书日"，还有一个重要理由，即1616年的这一天，英国的莎士比亚、西班牙的塞万提斯和秘鲁的加尔西拉索·德·拉·维加这三大文豪相继辞世，而传说这一天还是莎士比亚的生日。关于他们的种种情事，下周再说。

　　　　原载 2004 年 4 月 17 日《深圳商报·文化广场》周刊

这个日子有点浪漫

《谁送我一枝玫瑰花》的回应

上周我在这里写《谁送我一枝玫瑰花》，希望各界能关注"世界读书日"，让书香和玫瑰香在 4 月 23 日这一天四处飘溢。深圳书城的负责人在电话里说，今年时间紧，他们也还是准备了几个活动。他们专门刻了"世界读书日"纪念章，届时会在部分赠书上加盖，也准备了一些玫瑰花，等着献给爱书的人。他们还打出了标语，"世界读书日：让我们共同分享"。深圳终于开始有了一点儿"世界读书日"的气氛了。

中国出版协会的一位负责人从北京打来电话，说中国出版协会恰好在今年"世界读书日"启动一项"书香工程"，4月23日上午10点有一个仪式，每个与会人员签到时都会获赠一枝玫瑰花，启动仪式上还会点燃书香圣火。

一位朋友发来电邮，说似乎还有一个儿童的什么国际图书日，让我帮着查查。这个"国际儿童图书日"的时间是每年的4月2日。1953年，国际少年儿童图书联盟（International Board on Books for Young People，简称IBBY）成立，中国则是在1986年才加入这一国际文化交流机构。这个组织1966年决定，每年的4月2日为"国际儿童图书日"（International Children's Book Day，简称ICBY）。"但是，"中国的一位儿童作家说，"这一个全世界孩子的节日，在我们这里却无声无息，我们甚至不知道，该由哪一个部门告诉孩子，并为孩子们安排这个不同寻常的节日活动。"

4月2日是安徒生的生日，每年的这一天，他都会在全球无数小朋友的阅读中重生。

书前书后的故事

昨天（4月23日）对莎士比亚而言是个不可思议的日子，他在1564的这一天出生，在1616年的这一天辞世，戏剧大师连生死日期也充满"无巧不成书"的戏剧性。据传记作者说，英格兰的4月是残酷的月份，"水仙花虽然开放，但是寒风刺骨，人们经过漫长的冬季之后，体质虚弱"。莎士比亚的两个姐姐都在4月份夭折，他则是家里第一个度过幼儿期生存下来的孩子，写《莎士比亚传》的安东尼·伯吉斯于是说，莎士比亚"敢于违反天意，偏偏在4月出生"。

莎士比亚生前享受了无数来自舞台的殊荣，却并未看到自己剧本合集的问世，收入他全部剧作的"第一对开本"，是他死后七年才印出来的。和他同一天死去的西班牙作家塞万提斯比他幸运些，《堂吉诃德》1605年就出了第一部，1615年，第二部也出版了。他赶得及生前就把自己一生的著作编成"系列大丛书"，而且能够在去世的当天为他的"亲爱的读者"写完最后几句话。他写道："永别了，诙谐；永别了，精神；永别了，快乐的朋友们。我正在死去，我希望很快在另一种生活中看到幸福的你们。"

《堂吉诃德》在中国已经有了二十几个译本，仅杨绛译本就陆续印了七十多万套。杨绛先生前几天给新闻界谈了她译《堂吉诃德》的经历：

"1965 年 1 月，《堂吉诃德》第一部翻译完毕，并开始译第二部。1966 年，'文化大革命'开始了，我被'揪出'，在宿舍院内扫院子，在外文所所内扫厕所。8 月 16 日，锺书被'揪出'。8 月 27 日，我交出《堂吉诃德》全部翻译稿，当时第二部已译了四分之三。当日晚间，我在宿舍被剃了'阴阳头'。"

《堂吉诃德》和《莎士比亚全集》东来中国，书前书后都有惊心动魄的故事，莎士比亚和塞万提斯想都想不到。

唤回久违的阅读乐趣

因为莎士比亚、塞万提斯和加尔西拉索·德·拉·维加都是在 1616 年的 4 月 23 日去了"天国"，1995 年，联合国教科文组织确定这一天为"世界读书日"。

说到维加，大家很容易认为是那位西班牙的剧作家维加，其实不是。这个加尔西拉索·德·拉·维加是秘鲁文学家，是美洲本土第一位重要的历史学家。他最重要的作品是《秘鲁通史》，写西班牙人征服秘鲁的历史。关于他身世的资料我见到的不多，只在美国史家普雷斯科特的《秘鲁征服史》中读到一些。他的童年在故乡度过，二十岁去西班牙当兵，后来不满政府，退隐林泉，专心著述。他想用文字重现秘鲁消失的繁华，向西班牙人宣示秘鲁昔日的风采。他说："我对于命运没有垂青于我并不感到遗憾，因为这让我从事文学生涯，我相信，这将比一切世俗的荣华富贵更能使我获得广泛和长远的名声。"他的话真说对了。

三位巨匠在同一天随风而逝，生养他们的时代结束了，阅读他们的时代延续至今，并随一年一度的"世界读书日"延至久远。读书，读闲书，读古典经典之作，在今天成了一件奢侈的事，所以显得浪漫，加上有人大力提倡随书相赠玫瑰花一枝，更浪漫得像在擦肩而过的钢铁森林中寻找人约黄昏后的后花园。设立一个节日其实是明确一种提醒，"世界读书日"想要唤回的是，"生存列车"呼啸声中我们久违了的阅读的乐趣，想要抓住的是，网络天地里我们忧心忡忡的书籍的未来。在这层意义上，"世界读书日"和"情人节"真没什么两样，即使没有浪漫的玫瑰出场也一样。

原载 2004 年 4 月 24 日《深圳商报·文化广场》周刊

几滴零墨

听听陈映真

在香港逛书店的那个下午和晚上，我是和古剑兄一起度过的。听说台湾作家陈映真要来香港讲学，还听说他又获了"花踪世界华文文学奖"，我于是想读读陈映真的小说，就请古剑兄推荐。古兄说："有人说陈映真的《忠孝公园》好，可是我还是觉得他的《将军族》好。"他拿起一家二楼书店新书台上的《陈映真小说选》递给我："就买这一本吧，《忠孝公园》和《将军族》都收了。"他还说，他和另一位古先生刚刚访问了陈映真，整理成了万余字的对话，"你《文化

广场》要吗？可以给你"。（部分对话录详见今日 **B4** 版）

我从此开始留心和陈映真有关的文字。家辉兄的"开卷"版前些日子重新刊登了陈映真的《人间》创刊词，那是近二十年前陈映真的"文学宣言"，如今读来，我更体会到什么是"时代的灵魂"，什么是"文学的良知"。他写道：

"在一个大众消费社会的时代里，人，仅仅成为琳琅满目之商品的消费工具。于是生活失去了意义，生命丧失了目标。我们的文化生活愈来愈庸俗、肤浅，我们的精神文明一天比一天荒废、枯索……我们盼望透过《人间》，使彼此陌生的人重新热络起来；使彼此冷漠的社会，重新互相关怀；使相互生疏的人，重新建立对彼此生活与情感的理解；使尘封的心，能够重新去相信、希望、爱和感动，共同为了重新建造更适合人类所居住的世界，为了再造一个新的、优美的、崇高的精神文明，和睦团结，热情地生活。"

他反复地用"重新"一词，表达了他对"大众消费时代"的复杂情感，以及靠文化去寻回精神家园的希望。作家聂华苓说，陈映真的小说，就是一个具有人的体温、爱情、忧愁、愤怒、同情的思想家的艺术作品。

我不禁掰了掰手指，想数数身边有多少仍然坚持给文学以尊严、力量、崇高和伟大的作家。我的算术太差，半天也算不出准确数目。我最近读了杨争光的小说《从两个蛋开始》和阎连科的小说《受活》，倒挺佩服他们俩。

还差几个文化节庆

深圳"两城一都"目标提出之后，不少人都写文章表达自己的理解。谯进华博士尝试从"文化空间"角度阐发"两城一都"的意义（见今日 B1 版）。他认为从文化空间这一角度理解"两城一都"，更能凸显其在"文化立市"框架中的地位与作用。他举了"图书馆之城"的例子，又预测说，随着新的中心图书馆开馆，深圳音乐厅和少年宫等文化设施的建成开放，深圳的文化空间将进一步拓展，其背后隐藏的文化意义将得到进一步的彰显。

文化节庆呢？我觉得文化节庆也应该是一个城市文化空

间的重要组成部分。关万维参加了一场深圳本土摇滚乐队的大会演，想到深圳也许该设立一个"摇滚音乐节"（见今日B2版）。他认为这样的一个音乐节蕴藏着很大的文化机遇，也可以开启一个新的文化产业领域。我欣赏他的这个建议，也认同将音乐节庆和都市文化产业联系起来的思路。当今的城市在国内和国际有没有影响，有多大的影响，竞争力如何，很大程度上依赖于这个城市的文化及创意产业，而闻名遐迩的文化节庆正是"引爆"新型创意产业的"战场"。没有那个全球瞩目的电影节，你会知道有个戛纳？据说，加拿大的蒙特利尔，一年有480多项文化活动或节日，尤其一到夏天，好戏连台，节日不断。那里有北美唯一的F1汽车方程式大赛，有世界上唯一的正式国际爵士乐节，有每年持续两个多月的国际烟火大赛……那里有操持大型活动的传统，先后举办了1967年的世界博览会、1976年的奥运会、1980年的国际花卉博览会。深圳虽然有已经办了几年的"深圳读书月"，有将要创办的"文博会"，还曾有过"大剧院艺术节"，但是，文化节庆还是太少了。我甚至想，"两城一都"

的建设，实际上应该有三个相应的文化节庆来引领才对。办个国际性的"钢琴艺术节"？国际性的"设计节"？国际性的"图书馆节"？

"世界图书之都"

一个城市一旦冠以"某某之城""某某之都"的称号，而且又名副其实，影响就开始大起来。这些称号既承认了城市的文化特色，也满足和创造着文化需求与文化市场，文化事业与文化产业就同时有了濡养与发展的机会。还说蒙特利尔，它的称号就多得很："北美文化之都""世界狂欢节之城""世界环保之都""北美留学之都""加拿大高科技之都"等。

前几天，联合国教科文组织锦上添花，又给了蒙特利尔一个新称号："世界图书之都"。报上的消息说，加拿大蒙特利尔市今年2月击败巴塞罗那和都灵，当选2005年度"世界图书之都"。2001年11月2日，教科文组织大会通过决议，决定今后每年评选一个"世界图书之都"。历届"世界图书之都"依次为西班牙的马德里、埃及的亚历山大、印度的新德里、比利时的安特卫普。

我听说蒙特利尔是座历史悠久的古城，欧洲和美洲的文化在那里交汇，英国和法国的文化在那里融合。城市的设计风格很前卫，秉承的却是和谐宁静的思路，没有什么人把高楼大厦当作城市现代化的尺度。他们的市政府早就把"风水宝地"买了下来，统筹安排、开发建设，以保证百姓尽享自然之美…… 唉！真想去看看。

原载 2004 年 5 月 8 日《深圳商报·文化广场》周刊

"马洋人儿"以及短信息之"类"

"马洋人儿"罗湖桥边等美人

我很喜欢"深圳故事"这一说法，觉得趁深圳的历史尚未远去，应该有人赶快整理才是——口述实录也好，采访整理也罢，"夫子自道"也行，这样深圳的历史就还来得及保留一个鲜活的全貌。深圳有不少地方，算得上是"深圳故事"的富矿，比如罗湖桥，几十年间，不管是新桥还是老桥，那一小段路，层层叠叠铺满了多少喜怒哀乐、悲欢离合！

其实，中外名家笔下有不少回忆自己与罗湖桥相遇的故事，如能搜集起来，文献价值与阅读价值想必都大有可观。前几天读瑞典汉学家马悦然的中文随笔，我发现其中有一段叙述很感人。半个世纪前，他在成都搞方言调查时，爱上了美丽的川妹子宁祖。1950 年，他在香港给成都宁祖的父亲拍电报，向他女儿求婚。可是"马洋人儿"已经在香港，两人想在一起大不容易。宁祖母亲托人先给宁祖办了一张迁移到广州的许可证，然后再想办法去香港。马悦然算着宁祖她们要到 9 月中旬才能到罗湖，可是联系不便，什么时间能接到人谁也说不准。于是，从 9 月初开始，他就每天从沙田坐火车去罗湖接宁祖，一连接了二十天才领得美人归。

"那时的罗湖跟今天的罗湖完全不同，边境的板桥这边有一所驻扎一小队英国兵的木头平房子，在板桥那边有一所同样的驻扎一小队中国兵的木头房子。那地方啥子都莫得！只有空肚子等待！

"桥两边的兵当然懂得我在等人。每当有一个漂亮姑娘过桥的时候，他们指着向我吹口哨儿。我只能摇头，宁祖比她们漂亮得多！

"9月20号，我忽然看见宁祖和她姐姐走过桥来……宁祖终于到了！"（《另一种乡愁》，第124页）

短信息中的"六类分子"

那时候马悦然他们如果都有手机就好了，可是联系一旦迅捷方便，许多故事也就没有了力量和味道。好在那时候还有电报，和其他方法比，电报是最快的，当然也还不如现在的短信息快。在一切慢吞吞的年代，选择最快的通信方式往往意味着事态严重。一直到20世纪70年代，谁家如果来了电报，那差不多就是某某"病危"，需要"速归"，要么也是其他的"重量级"消息，让人轻松的概率很低。

现在，天翻地覆了，事事皆能神速，其中通信提"速"最烈。可是，一切都快如闪电了，速度也就变成了没有分量的东西，变成了无关紧要的消费品，甚至变成了"甜品"。以短信息为例。短信息的发明彻底消灭了电报存在的理由，也因此消解了通信速度的重量。从前是有急事才发电报，现在闲来无事就发短信息。20世纪80年代，意大利符号学家安伯托·艾柯有感于电报常常"小题大做"，于是写文章讽刺，还煞有介事地给电报分类（文见艾柯小品集《带着鲑鱼去旅行》）。二十年过去，面对"无事而做"的短信息，他又该如何分类？我不妨先分一分。

其一，发号施令型。比如："晚上有饭局，六点，迎宾楼二楼，不来不行。"

其二，贴心太太型。常告诉你应该买什么股票，如何买彩票赚钱，哪儿的房子最适合你。按理说这种好事只有善于理财的太太才会告诉你的，可是现在全由你不认识的人通风报信。

其三，天上掉馅饼型。突然你就可能获一个什么奖；突然你能花很少的钱或者不花钱就得到手机；突然最便宜的机票都给你留着呢；突然百货公司的价格就"吐血"了，"跳楼了"……都能让猛追时尚又入不敷出的工薪族慌个半死。

其四，捅胳肢窝型。没完没了的荤素段子，目的就是逗你乐，可是效果就像现在的小品，怎么看怎么乐不起来。不乐不要紧，只要你有胳肢窝，就义无反顾地捅下去。

其五，莫名其妙型。半夜突然来了"抒情咏叹调"："匆匆一瞬间，你已走远，为何不曾留念，也许是缘分太浅。"而且坚决不留姓名，一心要做无名英雄，你把手机砸了也不知道谁这么在乎你。

其六，制造麻烦型。嘿嘿，不说你也知道了。

又忙又苦的策展人

科技进步，文化产业随之发达，从事"创意产业"的人多了起来，这其中就有"策展人"。策展人策划艺术展览，确立展览主题，组织中外作品，募集各方资金，主持学术研讨，联络印刷出版，是个整合资源、表达主张的特殊行当。从事这一行当的人，因为他们有追求，所以很忙；因为展览很难赚到什么钱，所以很苦；因为很忙很苦又很愿意继续干下去的策展人很少，所以值得我们关注（相关内容刊今日 C1 和 C4）。

李公明也是策展人。他是广州美院的美术史系主任，又是深圳何香凝美术馆的艺术总监，每周奔波于广州、深圳之间，忙得一塌糊涂。最近有机会和他小酌两次，我发现他有三大特点：其一，走路很快，简直是太快；其二，脑子里永远同时运转着三个以上的想法，或者叫创意，想干的正事很多，属慷慨激昂兼忧国忧民型；其三，在学院知识分子和公共知识分子这两种角色之间换来换去，游刃有余。

我们谈到广州和深圳。我说我对广州有两个不理解。他愿闻其详，我说，一个是，广州北京路中间的老城墙遗址用玻璃罩了起来，很好！可是每块玻璃的一角都有一个大大的品牌饮料的商标，"太不协调了"。另一个是，中山大学保留了陈寅恪故居，很好！但是却没建成纪念馆，门口还挂一个"计划生育中心"的牌子，可惜。公明说你把这些写下来，"这都是广州故事"。我笑了笑，说我就不写了，一会儿给你发短信息吧。

原载 2004 年 5 月 22 日《深圳商报·文化广场》周刊

附：

深圳活在细节里

上个月我给一家报纸写了三十天的专栏，栏名叫《深圳细节》。可是我写的那些琐碎的文字太不像细节了，简直不伦不类，辜负了"深圳细节"这个好名字。我因此也知道了细节的难于把握和难于描摹……不，细节一直就好好地活在那里，我欠缺的应该是发现细节的心情。对，是心情，就像我来深圳后，给师友写信渐渐少了，惹得人民大学一位我向来尊重的老师来信责问："难道你就那么忙，连写几个字的时间也没有？"我想了想，回信说："其实写封信的时间还是有的，只是没有了写信的心情。"

我们每天都生活在细节中，可是什么时候，我们生活的"心"里没有了生活的"情"？什么时候，我们的笔下竟然也丧失了捕捉和端详细节的能力？看看每天包围着我们的描绘生活的文字：太多的宏大叙事了，太多的高楼万丈平地起的神话了，太多的一本正经了，太多的庄严、气魄、魅力和意义了。有血有肉、有泪影有笑容的生活就这样在我们的笔下渐渐远去，仿佛我们干燥的眼神将生活看成了沙，沙一样的生活在我们干枯的指缝里慢慢漏掉了。

好在深圳还有不少的人，他们的笔墨是湿润的，他们的眼睛里充满温情，他们看到的生活，和我们感觉到的并不一样。前些日子浏览"闲闲书话"网站，发现一位叫"白沙淡菊"的网友写了一个帖子，名字也叫《深圳细节》。我大为好奇，连着看了几篇，觉得她写得好。她写白芒村工地上两个替她搬书又坚决不要钱、"推让之下撒腿就跑下楼去"的男孩子，又写103路公车上一位爱看书的乘务员，了解到她每次到书城看书总是站得很累，还爱笑，"笑容里有种很简单的快乐"，还写她同事和普通女工粗茶淡饭中的爱情，写她公司里一场别开生面的卡拉OK比赛，甚至还写了两个乞丐脸上流露出的自得其乐的笑容，以及一个上海女人在深圳的物质和非物质生活……许多网友读了都说很感动，认为深圳在这样的文字里变得可亲可爱了。

我回了一个帖子，大意是说，深圳实在是需要清理细节了。壮阔的"史诗颂曲"之外，深圳需要用更多的民谣小调以及小夜曲之类的细节来复活、复原我们的生活。我还说，上帝生活在细节里，写细节的人因此也生活在天堂。"白沙淡菊"回帖说，写深圳细节，是因为越来越深刻地感受到，这个城市的崛起是因为太多太多无名的人在默默奉献着，他们也许永远也不会拥有深圳户口，也许永远都只能徘徊在城市的边缘，但我想，他们是当之无愧的深圳人。

我都做了十几年的有深圳户口的深圳人了，看了这段话，突然有一种莫名的悲伤。

原载 2004 年 12 月 11 日《深圳商报·文化广场》周刊

"文化媒人"

"远景"开始了孤寂

我记得我买过不少台湾远景版的书，这一会儿东查西找勉强找出了几本。数量不多，却也是有新有旧。旧的，是十几二十年前的"世界文学全集"中的几册：马奎斯的《一百年的孤寂》、史坦贝克的《愤怒的葡萄》、海明威的《海流中的岛屿》、贝娄的《何索》、詹姆斯的《一位女士的画像》等。都是小开本，字也小，繁体竖排，读起来相当吃力，一不小心眼神就转错胡同进了邻居家的门，不过价格倒是便宜。我想当时我是因为书价低廉才挑了几种，可是又想不起到底是什么时间在哪儿买的了，这或许是我接触远景的开始。新的几种远景版图书是这几年出的，大都与张爱玲或胡兰成有关，另有一本巫宁坤的回忆录。起先我只注意到版权页上的出版日期和定价，没怎么留意发行人的名字。前几年海鸿兄出了一本《破解金庸寓言》，有次听他说起，台湾远景的老板沈登恩看上了他的书，想出繁体字版，已经过来谈妥了。我这才知道远景原来是一个叫沈登恩的在经营。

后来我知道，这位沈登恩在海内外读书界、出版界可是鼎鼎大名的，他的一些出版策划都染上了传奇色彩，比如，他在台湾第一个大量运用彩色封面，一扫当时书籍封面上的呆板单色之风。他冲破当时的禁忌，率先在台湾推出金庸的武侠小说。也是他，在李敖出狱后，说动李敖复出文坛，秘密策划出版《独白下的传统》——这都是20世纪70年代的事了，要知道在那个年代做这等事业是极不容易的。当时沈登恩请李敖给《独白下的传统》写简介文字，李敖手起刀落，傲气冲天，以大无畏的精神把自己推上"神坛"。他也说了一句比较平实的话："远景过去没有李敖，李敖过去没有远景，现在，都有了。"

可惜的是，现在远景没有了沈登恩。

"出版业小巨人"

去年香港书展，我和同事们特意去观摩，在远景展区，看见一张海报，广而告之的是林行止作品集，80多册书，在画面上呈 S 状站立，像是一列出征的队伍向你迤逦开来。一个人写文章竟然可以写出一座"书籍长城"，一个出版社竟然也可以连续不断地将一个人的书出成一支"书籍大军"，这都让人惊叹。在人流中巧遇邱立本先生，他热情地给我们介绍他的朋友："这是李欧梵教授。"哦，你好，握手。那个等着给读者签名的是金文明先生，咬余秋雨的。哦，不打扰他了，让他"咬文嚼字"吧。这位是沈老板，沈登恩。嗯？你好你好，握手。原来沈登恩这么瘦小的，原来沈登恩不像是善于言谈的，原来沈登恩年龄并不大的。难怪人们都称他为"出版业小巨人"。

这几天我接连读到几篇悼念沈登恩的文章，大家都觉得一个五十几岁的人，无论如何走得也太早了，无数爱书人对他的敬佩，竟然不敌肝癌毒手。董先生的文章说：

"说出版家不说出版商，我印象中的沈登恩似乎是个不太计较成本效益的文化媒人，只追好书不追市场，全套诺贝尔文学奖获奖的皇皇作品他都敢扛起来印，大家替他捏一把冷汗，他瘦小的身影照旧飘来飘去自在得很。替他翻译好多部欧美小说的汤新楣有一次对我说，远景招牌下几位红作家的系列著作想必加厚了沈登恩的老本，光是金庸和高阳就不得了。我想李敖出狱后给他出版的《独白下的传统》一定也卖得好，还有白先勇的《孽子》……"

也许沈登恩有时候不太计较成本效益，他却计较你读不读远景版的书。家辉兄的文章里提到，去年沈登恩要送一本远景的《一百年的孤寂》，家辉表示自己已经看过其他版本了，沈登恩"立即皱起眉头说远景版的翻译是第一名，不读远景，不如不读"。

"Ａ 型 人"

沈登恩其实不能算是不懂生意的文化人。杨照的文章甚至说他"编辑与行销并重的手法"后来影响很大，"改写了历史"。他出书具备高度的文学眼光，可是他卖书非但不文学、不文人，还颇有江湖气。杨照说，几十年前出版业的工作主轴是编辑，出版社等同于编辑部，沈登恩却独树一帜，把时间精力放在通路、行销上，许多文学好书都是因为他努力铺书努力卖，才广为读者接受。

如此说来，沈登恩就是Ａ型人了。一位教授最近在报纸上撰文谈"美学经济"，说从文化到产业，从美学到经济，这中间的路程其实相当遥远。文化产业的诞生，一端需要创意者，一端需要投资者，而结合双方的中介者，是Ａ型人或Ａ型团队。"Ａ指的是两只脚——了解艺术，也熟悉管理；通晓作品，还擅长包装；懂得文化，并清楚市场。"创作人鄙视商业，企业家漠视艺术，欠缺Ａ型人来连接两端，整合资源，正是眼下文化创意与产业普遍存在的症结。

于是我想，理想的设计师也必须是一个成功的 A 型人，是"文化媒人"，是连接产品与消费者的人，是连接政府决策和公共环境的人，是连接文化创意与市场创造的人。我这个想法不知深圳的设计高手王粤飞同意不同意。

"文化媒人"是支撑着"A"的两边的中间那一横。没有这一横，那两条边，要么会倒在地上，要么变成平行线，渐行渐远，永难相交。

可是，真正的"文化媒人"，做起来并不容易。只要做得好，上演的就会是沈登恩曾演绎过的那一幕幕传奇。

原载 2004 年 5 月 29 日《深圳商报·文化广场》周刊

又一村·牡丹亭

黄木岗往事

这一段日子，我老想去黄木岗又一村看看，却终于没有去成。事情总是这样，我们的裤兜里、背包里和手机的短信息里都装着想做的事，结果是自己最该做的事竟然没有时间去做。

报上说，在大型挖掘机的轰鸣声中，黄木岗又一村临时安置区正式退出了历史舞台，两万多居民已陆续搬迁。报上还说，这个安置区始建于1992年，是全国最早的流动人员安置区，是深圳现有面积最大的安置区，是由过期违法临时建筑组成的安置区。

我是这个安置区某栋楼的第一批居民，十二年前刚住进来时，觉得"又一村"这个名字挺好听，又觉得"安置区"这几个字不好懂，所有的希望于是就寄托在"临时"两个字上。我们来寻求永恒的创业之地，却首先给"安置"在了一个"临时"的地方。来之前我们没有"山重水复"，来了后也暂时看不到"柳暗花明"，可是我们突然就有了"又一村"。

我和同事聊起黄木岗往事，试图打捞十二年前的岁月碎片。我们互相问：还记得你深夜给人讲的鬼故事吗？就是半夜一个女人把自己的头摘下来梳了又梳的那一个？还记得你凌晨醉酒归来一路高喊童安格"一世情缘"然后粗声敲锁叫门吗？还记得刚住进来什么证件也没有差点儿让收容车拉到樟木头去吗？还记得谁家一包饺子那挡不住的味道立刻引来不速的食客吗？

又一村的屋顶是一层层薄薄的铁皮，雷雨大作时你在屋里听得见隆隆的雨打声却听不见雷击声，因为雷声给铁皮顶上的雨声淹没了，正像又一村白天很安静夜晚却像开水一样沸腾，白天都让夜晚给吞噬了。

《牡丹亭》新排

那时还来不及买书架，北方运来的书一箱箱被"安置"在南方的墙角。我随手抽出一本什么书来消遣，是《红楼梦》。宝玉、黛玉偷偷看了一回《西厢记》，正说着你"过目成诵"我"一目十行"呢，老太太打发人来把宝玉叫走了。黛玉一个人闷闷的，正欲回房，走到梨香院墙角上，却听墙内笛韵悠扬，歌声婉转。黛玉知道是那十二个女孩子在演习昆曲，本没有留心听，有两句歌词却明明白白一字不落地吹到了耳内，唱的是："原来姹紫嫣红开遍，似这般都付与断井颓垣。"黛玉觉得十分感慨缠绵，干脆止步侧耳细听，又听唱道："良辰美景奈何天，赏心乐事谁家院。"接着又是："则为你如花美眷，似水流年……"黛玉不觉心痛神痴，眼中落泪。我也试着想想"似水流年"的事，却听到了前面那栋一模一样的白房子里传来的哗哗的冲凉声。

黛玉侧耳细听的正是昆曲《牡丹亭》。又一村重读《红楼》的十二年后，大作家白先勇费尽千辛万苦排出了青春版《牡丹亭》，在台北和香港上演时都大获成功。

何谓"青春版"？白先勇说，昆曲是中国现存最古老的戏曲，2001 年已由联合国教科文组织定为"人类口述和非物质文化遗产"的首选，可是这一"世界最美的艺术"正面临传承危机，需培养一批年轻演员焕发昆曲生命力，此其一；这次重排用的都是年轻演员，剧本尽量"老"，舞台上的视觉手段却是新的，此其二；昆曲不能老化，昆曲要吸引年轻观众，演员要年轻化，观众也要年轻化。此其三。他说不能老埋怨国家给少了剧团经费，昆曲本身也要更新理念，拿出好戏，更要注重艺术的传承与剧目的宣传。

白先勇说："要做就要做得最完满，最大……最好的文化、最美丽的一朵牡丹在你的后院里面，你不去欣赏，不去灌溉，人家是不会替你做的。"

"青春版又一村"：一个建议

又一村是"青春版深圳"脸上的一颗巨大的青春痘。这颗痘如今挤破了，是好事。又一村是一个驿站，是成千上万初来深圳的人遮风避雨的亭子。亭子里没有牡丹，但也有过柳梦梅，有过杜丽娘，有过许多刻骨铭心的故事和触目惊心的遭遇。又一村的故事登载在每一个"村民"的心里，无须重排都是不折不扣的"青春版"。听说，安置区拆除后会建成绿地，会修一些公共休闲设施。我想，能不能在一个小小角落建一座雕塑呢？

前前后后在又一村住过的深圳人，少说也有十几万。这个安置区的年龄比这座特区都市不过才小了十一二岁。它不应该从此就彻底消失的，应该留下一点痕迹，哪怕是一件小小的雕塑也好。一座新城市，免不了建了拆、拆了建，但是，都市的成长岂能一味遵循"橡皮擦主义"？有些篇章可以重写，写错了的段落可以擦掉，但总应该留下几圈成长的"年轮"。"年轮"积攒下来，就成了历史，成了文化，成了市民的共同记忆。

应该有人组织"又一村村民"共襄此事。"……最美丽的一朵牡丹在你的后院里面，你不去欣赏，不去灌溉，人家是不会替你做的"，白先勇的这句话不妨听一下。

原载 2004 年 6 月 5 日《深圳商报·文化广场》周刊

附：

在"又一村"的废墟上

黄木岗"又一村"临时安置区拆迁顺利。拆房的烟尘没有散尽，初步的规划就出来了：除了少量的停车场、体育设施，其余就是绿化。总之，一切都很圆满。

畅想未来："又一村"临时安置区一旦以崭新的面貌融入八百米绿化带，那一定是漂亮无痕，仿佛它原本就是这样，仿佛在这个地方压根就没有发生过什么。随着时光的流逝，当人们将来漫步在"又一村"废墟上的时候，可能没有人会提起当年的"黄木岗往事"，提起一幢幢铁皮屋顶下的那一个个不安分的深圳梦。

胡洪侠在6月5日《文化广场》上《眉批一二三》里，居然怀念起"雷声给铁皮顶上的雨声淹没了"的黄木岗。据说当年商报在那里有一栋房，如今不少活得光鲜体面的编辑、记者，当年就临时"安置"在那里。如今，留下过他们生命中某一段痕迹的地方已经被彻底抹掉的时候，他们心里会不会隐隐有一种怅惘呢?

当然,"又一村"也不是什么"西周王宫"遗址,更没有住过古罗马皇帝,拆了就拆了,也没有必要留下一栋铁皮屋用玻璃罩子罩起来,立此存照,本来就是个临时建筑么!但是,面对"又一村"的废墟,怎么安慰像胡洪侠这一类喜欢怀旧的人呢?

这就是规划的问题了。总觉得又一村的规划中少了一点儿什么。少了什么,想了想,应该是对这一段时间的敬意,对这一个过程的尊重。在田野考古中,有一种有趣的现象,这就是不同文化层的堆积。在同一个遗址中,会发现层层堆积的不同时期的遗物,这是过去的人们在不经意之间留下的。正是凭着这种文化堆积,我们可以建立起历史的谱系,编织出一条完整的生命链条。

"又一村"是临时的,但是留在"又一村"的记忆却不是临时的,如何让"又一村"的往事变得永久,让这一段链条不至于中断?我们完全可以借助公共艺术的手段,在"又一村"的废墟上立一组雕塑,或者圆雕,或者浮雕。让曾经居住在这里的人们提供他们生活的视觉资料，公开向曾经在这里住过的人们征集创意，征集设计方案，让曾经的"又一村"，留给城市的未来。

什么是公共艺术？公共艺术面向特定的社区，面向共同的经验。

孙振华

原载 2004 年 7 月 3 日《深圳商报·文化广场》周刊

报告：发现"潜水者"！

"点水"与"潜水"

一年多前我写过几则《英伦点水记》，粗略记下初游英国时走马观花般的行程和蜻蜓点水式的印象。其中有一段写访问英国《金融时报》时的情形：

一栋灰玻璃幕墙严严实实包裹起来的大楼，灰色的门帘，灰色的阶梯，灰色的转门。门前飘扬着两面旗子，其中一面是黄色的，上有两个大大的字母：FT（Financial Times）。我们去位于大楼西南角的接待室，听《金融时报》的发行总监介绍报业简况。从接待室的大窗子中望出去，是平静流淌的泰晤士河，河上横一座小桥，翻译说是 Southbridge 河。

两岸的建筑古旧而参差，随便拎出一座问问年龄，大概都会是百岁以上了。

每个人都拿到一份当日的《金融时报》，就是那张著名的粉红色报纸了，国内的粉红色《经济观察报》，其"创意"的源头正在这里。发行总监说，1893 年《金融时报》开始用粉红色纸印刷时，不仅仅是为了让读者容易分辨，好同对手竞争，还因为当时的白色新闻纸太贵，他们就买了便宜的灰色纸来染成粉红色，没想到这一"变色"就成了特色。现在的粉红色新闻纸当然比白色的贵了，英国不生产，还得从芬兰和瑞典进口……

这样的"印象文字"不仅粗略，简直粗浅。去年读了辜晓进的《走进美国大报》，大受教益，我当时想，应该也有人也写一本介绍英国大报的书，好让我们这些只会说"Yes"

和"No"的人真正领悟现代报业发祥地的猎猎风采。前几天接到唐亚明电话，说是来看看我。我有两三年没见他了吧，这位小师弟怎么突然又出现了？没一会儿，办公室进来一个人，肤色是时下白领们正流行的健康的黑色，表情是前些年影视作品中常见的很坚毅的神情：呵呵，唐亚明到了。手中提一纸袋，袋中装满新书。抽出一本，他递给我，笑笑："我的书，刚出的，给你翻翻。"书名有些眼熟，我还以为是辜晓进的那本书出了新版本，仔细一看却是：《走进英国大报》。

唐亚明的书中写了十几家英国大报，其中就有《金融时报》。他当然也提到了"粉红色"，说英国人称之为"商业粉红色"（Business Pink），有的业内人士干脆就用"Pink"代指《金融时报》。他还详细介绍了这张"粉红色报纸"过去的辉煌和今日的困境，以及在本土突围、在美国竞争、在亚洲"决战"的种种努力。英伦"潜水"一年之后，亚明在深圳再次浮出水面，详尽指点英国大报的"山高"与"水深"，我们对英国报业的认识因此有了一个刷新的机会。

在深圳"潜水"的人

在深圳生活的人，其实也可以分成两类，一类是"点水者"，一类是"潜水者"。点水者，忙忙碌碌，行色匆匆。白日工作，两只腿要跑许多地方，晚间应酬，一张嘴要吃几宴酒席。你抓不住他呼啸来去"点水"的身影，却能听到他喋喋不休"点评"的声音。你很容易捕捉到他生活的主旋律，因为他的手机铃声已经抢着向全世界歌唱了，你却不容易知道他闲下来会做什么，因为他连休闲也都是很忙的。对"点水者"而言，生活就是他脚下轻点的水平面，虽然也有风生水起、波光潋滟的片刻，但大多数时候，观察他们生活的内容，是可以轻易一览无余的。换句话说，是用不着期待"水落石出"那么大场面的。

"潜水者"则不然。他们很沉静，很从容，默默地做着一些自得其乐的事情。那件事或许暂时没有哄传四方的社会效益，甚至永远也没有立竿见影的经济效益，可是，其中却蕴藏着他们自己长久的兴趣与志向。他们的"潜水"，大有

"不求闻达于诸侯"的意思，所以你就很难发现他们的真生活与真价值。你看见的他们的生活，或许正是他们生活的表面或者叫"水面"，而他们生活的另一面，那个"水深处"，你是难以接近的。他们有的是白天"点水"，晚上"潜水"，有的却是昼夜"潜水"不止。即使他们偶尔"点水"，那也不过是对生存挑战的自然的反应，"潜水"才是他们自己选择的不二活法。如果你因水面的风景就认为他们"不过如此"，那就可能受了他们"潜水"的骗，或者上了自己"点水"的当。

上个星期天下午，与溶冰、梁瑛俩丫头一起去刘申宁教授家，我坚定了上述的想法。你很容易知道刘申宁是教授，是党校的副校长，到处给人家讲课，也接受传媒访问，谈谈深圳应该如何建设学术文化之类的话题。当然，做这些事，他是很称职的。但是，很少人知道他是一个著名的"潜水者"。他"潜水"八年编纂的海内外规模最大的二十八卷《李鸿章全集》，明年可能就出版了，届时专家学者将可以分享近两千万字前所未见的李鸿章文稿。他的《李鸿章年谱长编》和《李鸿章关系网名录》，皇皇几十卷，如今还藏在文件柜里。他说他不急着出版，还在不断补充资料。

这还不算惊奇。他竟然是一个收藏大家，古籍、古瓷器、古玉器、古兵器、古书画，还有什么文房杂项、文献档案、宫廷玩物等，成系成列，有模有样，看得我们啧声连连，妒火中烧，一时间几乎重燃"革命"豪情……

"潜水"的妙处

"点水"是需要的，这满目的繁华都由点点滴滴的水凝聚而成。仅仅"点水"是不够的，你点歌、点钱、点名、点菜、点击再加上点评，能点来一日的微醺，一月的丰厚，一年的欢喜，可是，又岂能点得来岁月静好，现世安稳？这"静"和"稳"，就是"潜水"的妙处了。水面上的浮萍随风流转，深水区的鱼自有天地。你说如今文化如何如何热闹，是啊，水面上的热闹是需要的，也是容易的。而那些自甘寂寞的"潜水者"们，却无意间在濡养着文化生态，改善着文化水质，提示着文化深度，掀动着文化波澜。轻飘飘的《英伦点水记》像什么话嘛，沉甸甸的《走进英国大报》才有可能入"潜水者"的法眼。

原载 2004 年 6 月 26 日《深圳商报·文化广场》周刊

卷二

一半

一

你说，窄窄的汽车里打不开大大的对开大报，躺在床上翻对开报纸也免不了因左右开弓而左右为难。你说现在人越来越多了，人均空间越来越小了，报纸也该减肥变瘦，想办法让读者方便些、舒服些。你安慰我说，四开的报纸未必就是低俗的"小报"，对开的大报难道就都那么高尚？

"是啊，"我想，"小孩哪里就是坏蛋？大人也不会都是好人。"

于是，从本期起，《文化广场》和《周末生活》一起改为四开。

四开报纸的篇幅是对开报纸的一半，编起来却不会像加减法那么简单。众编辑接到报社的改版任务，直忙得昏天黑地，一塌糊涂。等到版样一张张出来，左右横竖地端详一番，觉得这小版虽难以做出气魄，倒容易做得清秀，正好用得上本期乐正博士点评电视片《走遍中国·深圳》的话："它可能不那么可敬可叹，却让人觉得可亲可爱。"

二

版面设置有如下变化：

注重资讯提供，做大了资讯版块；《发现深圳》版从《周末生活》移到了《文化广场》；《广场沙龙》版也加大了分量，且分成了"四城记""我城""全球话"三支队伍；新增了《艺术进行时》，专注于广义的现代艺术；《名家地带》版固定下来了，大小名家的文章、访谈、事件等会在这里陆续登场。当然，原来的特色版面，像《封面专题》《对话现场》《设计之都》以及《书评》《书故事》等统统保留。

三

　　四开是对开的一半，这"一半"的事往往难做。汉字的"半"其实大有讲究。前些天看电视剧《五月槐花香》，惊呼片中那几个演员演得好，演莫荷的女演员苗圃更是表现不俗，让人顿生怜爱之心。故事编得当然好，片头曲的歌词写得更妙——那是专做"半"字文章的妙词：

　　"半掩纱窗，半等情郎，半夜点起半炉香，半轮明月照半房。半掩纱窗，半等情郎，半幅红绫半新妆，半明半暗灯半亮，半是阴沉半天光，半是热火半边凉，半是蜜糖半是伤，半夜如同半生长。"

　　你看，"半"了这么半天，真让人觉得连半心半意都不容易。报纸版面的开张减半，我本来想在这里表表雄心壮志，话到嘴边，想起"半"字诀，悟出"话说一半"是大学问。不说了。

原载 2004 年 9 月 4 日《深圳商报·文化广场》周刊

附：

当了"小报主编"之后

现居伦敦的白静给最新一期的《文化广场》写专栏文章，题目有点吓人:《大报之死》。我们当然不用惊慌，因为她说的是英国。她说，拥有二百一十八年历史的严肃大报《泰晤士报》本月 1 日起已正式改为四开小报。而在这之前，大报《独立报》早已"小报化"，且发行量增加三成五。她引用《泰晤士报》总编辑汤姆逊的话说，"你将注意到这与一般小报非常不同，它恪守严肃大报的价值观，只不过版面规格有所变化"。可是，读者习惯了传统上以规格大小定大报、小报的思路，面对瘦身的大报，仍异口同声地坚持说:"这是一份小报。"

读到这里，不免心有戚戚焉，"嘿嘿嘿"苦笑几声之后，我掐指一算:《文化广场》周刊对开变四开、"大报"改"小报"已经有三个月了，我们探索报纸"减肥瘦身"之后编辑思路如何应对也有一个季度了，而我的那些乱七八糟的朋友们，大呼小叫地喊我"小报主编"也喊了九十多天了。

而现在呢，我竟然开始得意于"小报主编"这个称号了。先不说"大报改小报是世界报业趋势"这样的"业内观点"，从各方反应来看，《文化广场》改为四开报纸后，的确是有新气象的：

其一，阅读方便多了，双臂不必伸开做"拥抱全世界"状，也可以轻轻松松浏览版面了。

其二，因要不停地翻页，习惯浏览报纸的读者，他的目光在各个版面停顿的次数增加，停留的时间也相应加长。须知，如今吸引读者增加读报时间是一件不大容易的事。

其三，整体风格更灵动、更精巧、更雅致，这与所谓"时尚人群"的生活品位有点儿合拍。

其四，版面设置和内容区分更容易了，这给"各取所需"的读者提供了方便，又使得整体阅读的读者有内容更丰富的感觉（实际上也如此，呵呵）。

其五，每期的专题有了新的面貌。虽然没有了当年的"气魄"，但是，格调并未降低，而版面起承转合的余地反而增加，专题的功能区分变得清晰，内容延伸与组合的节奏变得明快，读者读起来更顺畅（当然，编辑们编起来也更麻烦）。

其六，因为版面小了，资讯便于集中摆放，信息量不仅增加，版面也变得齐整，便于读者搜寻。

其七，因为单位版面规模缩小，编辑就更容易在一个版面上集中处理一个话题、一篇文章、一个主题，这使得许多在大版面上容易湮没的内容，在小版上可以独当一面，优游自在。

其八，版面变小之后，你不觉得我们的沙龙版的味道更像沙龙了吗？众生喧哗变成了低声交谈，这才像沙龙嘛。

我个人对"小报主编"的体会也有一些。简单地说，大报与小报相比，小报的优势在于一个"简"字：阅读方式更简便，功能区分更简洁，资讯整合更简易，版面风格更简约，图文组合方式更简化。看看，这一个"简"字，可不是一件简单的事。

我还没有完全闹明白的是，既然"媒介即信息"，那么，不同规格的版面，即使编排同样的内容，它传达出去的信号也是不同的。四开报纸的气息究竟应对了现代都市生活的哪些领域？究竟适应了读者心理中的哪几种情绪？究竟对《文化广场》的内容和形式提出了哪些新的要求？这是需要再琢磨、再改进的。

"你将注意到，"让我也学学《泰晤士报》总编辑汤姆逊的口气，"改版后的《文化广场》，与一般小报非常不同，它恪守我们一直坚持的价值观，只不过版面规格有所变化。"

嘿嘿，老汤的话，真可以作为大报"瘦身"之后的"小报主编"应对各种批评的盾牌啊。

原载 2004 年 11 月 6 日《深圳商报》"我们的脚步"专题

导演

一

　　如今的文坛、戏坛、网坛都很热闹，特色之一是评论家队伍似乎比创作队伍来得庞大，声音也格外响亮和嘈杂。众生喧哗中如何一声长啸震九州？大大小小的评论家最是为此头疼复焦虑。万般无奈之际，也只好一味好勇斗狠，专拣"解气"的话来增加"杀伤力"。看看这些人对余秋雨《借我一生》和张艺谋"奥运八分钟"的"酷评"，你会发现他们的路数没有变化，或者，也实在没什么新的招式了。其实，评论不能仅仅靠"胆"，还需有"识"。高尔泰《寻找家园》

面市，孙仲旭忍不住一再高呼："这是我今年读到的最好的散文。"你可以不同意，但人家的想法是认真读书读出来的，凭这一条，就比没看过《借我一生》却忙着大骂"谎言"的人高明百倍。

二

　　导演难做，话剧导演尤难，如果非要做一个小剧场话剧导演，那就差不多是"自找罪受"了。李六乙前不久排了小剧场话剧《花木兰》，上演之后，"恶评"不少。林兆华对有些评论不满，他说他自己看了以后感觉很"震动"，"可是，"林兆华说，"有些评论只评戏剧文学中的文学部分，而忽略了剧场里的导演功夫。"导演担当整合各路资源、独创一己风格的重任，主要功夫都下在剧场里的舞台上了，所以孟京辉说："《恋爱的犀牛》文学性很好，语言非常诗歌化，如何把这部戏的文学性与舞台行动表现力结合起来，对导演是个很大的考验。"他说他会从很多方面寻找路径，慢慢达到自己内心想要的东西。他说得很实在，不像张艺谋，有时候唱的"高调"太高，高得大家都够不着，只好骂。

三

编辑说美国的伍迪·艾伦文章写得好，想在本期推荐一下。我问："谁是伍迪·艾伦？"众编辑大笑："你连伍迪·艾伦都不知道？那可是精英知识分子型的大导演啊！你真的不知道？"我真的不知道，可是我知道张艺谋啊，呵呵。上海的柳叶有一次在本刊的专栏文章里说，美国人为全世界拍电影，香港人为自己拍电影，张艺谋为美国人拍电影。为"全世界"拍电影的人我竟然不知道，为"美国人"拍电影的人我倒熟悉，此事细想起来有些吊诡。

张艺谋有的时候使命感很强，"奥运八分钟"上演前他接受采访，大打"五千年中国文化牌"。写《娱乐至死》的尼尔·波兹曼曾说："电视本是无足轻重的，如果它非强加给自己很高的使命，或者把自己表现成重要文化对话的载体，危险就出现了。"拍电影的张艺谋一不小心撞上了"电视的危险"，挨骂也不冤。香港的郑培凯教授深知此中分寸，于是在一篇文章中连连发问：

"他只有八分钟，你要他怎么呈现五千年中国文化？可是他为什么要夸下海口，说"世界给了中国八分钟"，而他要利用这个机会宣扬中国文化？他为什么不能说，奥运会提供了八分钟片段，让他宣传2008年北京奥运？"

问得好！这才是有胆有识的评论家该说的话。

原载2004年9月11日《深圳商报·文化广场》周刊

听听余秋雨

这些年

不见余秋雨先生已经有好几年了。这几年间,关于他的消息,都只是听说,听报上说,听网上说,听电视里说,听朋友说。听说他又遭猛烈批评,听说他在打官司,听说他身体不太好,听说他写了新书,听说他又要封笔,听说他要入股办图书公司……

但是,很少听见他自己出来说什么。我是一直希望他出来好好说说的。在这个以发声次数和声音高低聚人气、辟市场、打知名度、造号召力的时代,沉默似乎不再是高贵的象征和蔑视的表达，反倒成了无声的懦弱与无奈的默认。"娱乐至死"的号角吹响，一个"狂欢"的舞台降临了。

今年

上个月，余秋雨的新书《借我一生》终于出版。我读了，我的朋友姜威也读了，还有好多的朋友都读了。谈起这本书，大家的看法自然还是不一样，但对我来说，读了以后，心情大动，觉得有话要说。但又因为心情复杂，一时也不知从何说起。如果硬要把心情化繁为简，可以说，是找回了一份失落已久的心情。那是十年前夜读《文化苦旅》时的心情，是在杂志上追着读《山居笔记》时的心情，是和余秋雨、马兰以及一大帮朋友在饭桌上谈文论艺时的心情。

余秋雨文章写得好，但是，《山居笔记》之后，他的"文化现场"再次转移，我们只在电视里看见他东奔西走，在报刊上读不到多少他精心结撰的文章，所以我特别看重《借我一生》的文学与文化价值，觉得"苦旅"时代的余秋雨又回来了。当然，我也看重他在书中对陈年往事的回忆，对今人时事的评判。我不怀疑他的真诚，希望这一切的尘埃尽快落定。如果他真的就此封笔，我感到遗憾，毕竟，由他发端的"文化大散文"，当世还没几个人能写得这么漂亮和畅销。

很多年以后

很多年以后，我们回头看看这几年围绕余秋雨发生的事，会发现有些现象是值得追寻原因的，单这因"批余"而生的种种情势，就有好好解读的必要。

比如，当年《文化苦旅》引发诸多文化话题，于是争论，于是批评。可是，话题突然转变了方向，当年的争论话题不见了，"批余"随之成了时尚，成了游戏，成了娱乐，甚至成了产业。批不批余秋雨俨然成了一个标准，这个标准并不用来判断余秋雨文化实践的成败，却用来判断对方的文化立场和自己的阅读品位。争论越来越激烈，话题越来越空洞。在朋友间，"批余"是难以触碰的话题，因为会争吵，会产生裂痕；在陌生人间，"批余"则是一个舞台，大家争先恐后上台表态，因为"批"才是硬道理，因为"落后就要挨打"。是什么样的"舆论机制"有如此神奇的"乾坤大挪移"功夫？又是什么样的"时尚机制"将一个文化阅读问题变成了一个社会心理问题？其中道理究竟何在呢？

原载 2004 年 9 月 18 日《深圳商报·文化广场》周刊

余秋雨突围

很久很久以来，杰出的文豪几无例外地不容于他们生活的具体时代。李白是"世人皆曰杀"的，杜甫家的茅草房顶都给邻居偷光了，苏东坡被弄到海南岛，语言不通，连个说话的人都没有。这些在生前遭尽了大罪的大师，却在身后被人类共享了上千年。同为才华过人、特立独行之士，余秋雨和苏东坡们呼吸其中的文化氛围真是千年合一拍的。

余秋雨用《文化苦旅》和《山居笔记》等优美文字，给过我莫大的审美享受。我觉得他本应成为我们时代的骄傲，我们这些因他的文字而获得过酣畅快感的人起码应该珍惜他，尽可能让他活得舒服些，让他的灵感流得更爽快些，让他有更多的精力创造更夺目的美丽供我们享受。然而事实恰恰相反，余秋雨在获得巨大声誉的同时也被"妖魔化"了，一时间，他成了众矢之的，在射向他的明枪暗箭中，越来越多地弥漫着下三烂迷药的血腥。毫无疑问，这是文化生态恶化的显著标志。

在漫天遍地的污泥浊水中，没几句公道话。余秋雨以孤独的姿势构筑起突围的碉堡——《借我一生》，其中砌满了愤懑和憋屈。我相信，这愤懑、这憋屈不仅仅属于余秋雨一个人，还属于一个精英群落。比如说，杰出的诗人和哲学家周国平，不就是被以"不务正业"的理由剥夺了带博士生的资格吗？

《借我一生》——借我一声，这一声，算是助突围中的余秋雨一臂之力，就像当年的老区贫农给受伤的红军将领送上几粒红米饭，半碗南瓜汤。

平心而论，余秋雨的作品都是有助于人类趋于文明的，余秋雨的辉煌成就靠的正是他的作品，没有了那座文字筑成的精神峰脉，余秋雨只是跟你我一样没啥稀奇的平头百姓。看透了这一层，我们就会一眼洞穿围剿者的真相。那些向余秋雨射出明枪暗箭的人，无一例外地绕开了余秋雨之所以成为"余秋雨"的那座文字丰碑，他们不以学术论学者，不以作品论作家，或捕风捉影地纠缠子虚乌有的"历史污点"和"豪华别墅"，或别有用心地咬嚼与文章精神毫无关系的单个汉字，更有甚者制造出余秋雨以"自杀"威胁欲刊发他"历史真相"报刊的谣言。所有这一切，本来都应归类于"黑暗的生物"，从属于"历史的暗角"。然而，这些远离人文精神而专事人格侮辱、人身攻击、谣诼蛊惑的垃圾，却经由各种传媒播散远近，从而洇出大片大片的无形杀气，像酸雨一样腐蚀着本来有望趋于常态健康的人文环境。从这个意义上说，余秋雨的突围本身已经超越了具象而被赋予了一重象征的含义。所以，声援余秋雨，就应该成为所有致力于维护绿色文化生态、构筑常态人文环境的文化人的联合行动。否则，一切精神性的成果就会毁于"黑暗生物"之手，就像珍贵的文物毁于鼠患，苗壮的禾苗毁于虫灾。

那么，为什么瞄准余秋雨？

早在十二年前，余秋雨就在《苏东坡突围》中给出了答案：他太出色、太响亮了，能把四周的笔墨比得有点儿寒碜，能把大多的文人比得近乎狼狈，引起一些文人酸溜溜的嫉恨，然后你一拳我一脚地践踏。余秋雨早就把中国世俗社会非常奇特的机制看得很透彻，它一方面愿意播扬和哄传一位文化名人的声誉，利用他、榨取他、引诱他；另一方面从本质上却把他视为异类，迟早会排斥他、糟践他、毁坏他。起哄式的传扬，转化为起哄式的贬损，两种起哄都源于自卑而狡黠的觊觎心态，两种起哄都与健康的文化氛围南辕北辙。

所幸的是，在对余秋雨的围攻中，急先锋几乎都是品格低劣的文人。对这些人，我有所了解，尤其是其中一个Z，十年前曾以"掘深圳文化的坟墓"为己任，他在攻击余秋雨的时候，在辱骂和恐吓之外，竟无一丝一毫证据。知堂老人六十年前写过一篇《论骂人文章》，将这种攻击称为"进取的骂"，只要挑选社会上有名声的人，狗血喷头地骂一顿，骂得对不对完全不在考虑之内，只要让人知道某名人被他如此这般骂了一顿就达到了目的。名人不理本也无妨，若是名人回了一句嘴，那就更证明骂人者的有力量。可见这种骂法早在20世纪30年代甚至更早就很普遍了。但这种做法也不免有缺点，它与冒认阔人做干爹根本上很像，只是软硬不同，其实也是很可怜的。另一位号称北大才子的余杰，品质方面也许与上一位有所不同，但其"进取的骂"并无两样。余杰的文字在没变成铅字以前我就认真读过手稿，当时的感觉是，如彼的年龄、如此的苦闷、这样的文章，完全有"同情的了解"，我还是很喜欢的。时过境迁，现在的余杰已风生水起，但我对他近期的文风越来越反感，甚至对时下的教育方式产生了近乎绝望的情绪。缺乏厚重的人文底蕴和扎实的知识修养，蹿出来的只能是呛人的火苗子，呼啦一下子就成了灰烬。这使我情不自禁地想到五四时代的文化人，因为学识厚重，见得多，见得深，见得远，见得明，所以领悟到做人要厚道，为文要恕道，最终达到了浮舟沧海、立马昆仑的高度，远非现在教育产生的"优秀学子"所能望其项背。至于那位所谓的"港台文学研究专家"，射出的箭矢注入了宿怨的毒汁，法庭的陈词喷溅着无知的唾液，甚至在《借我一生》还没出版的时候就断言该书"全是谎言"，这种人，还提他作甚？

　　20世纪90年代后期，我见识过余秋雨智者的风采和他的妻子马兰惊人的美丽。那时，他们夫妇在深圳买了一套可惜不是豪华别墅的高层住宅，刚刚入住，我妻子还送了一幅油画表示祝贺。我当时还跟妻开玩笑说："给余秋雨送仿制油画，真是对琴弹牛。"

后来，我读到余秋雨回应一位骂人者的公开信和与另一位骂人者"对簿公堂"的报道，说实话，从心理到生理都有负面反应。好比一位衣着洁净的文人，被一个肮脏的市井光棍蹭了一身泥，最好的办法是不动声色地回家洗洗算了，而不应该当众揪住市井光棍给他讲人生的道理。

不久前，我读了《借我一生》，余秋雨在我心目中再度焕发奇异的风采。他在书中对虚假文化的揭露入木三分，对文化生态恶化状况的剖析触目惊心，尤其是他对那些迫害狂变态心理的透视简直就是诛心之论。那些迫害狂的施暴对象往往正是他们心中的偶像或梦中的情人，因为无法到手则宁可送给魔鬼也不交给上帝，新凤霞等美丽生命的毁灭足以印证余秋雨看穿了丧尽天良的小人最黑暗的心理角落。就这样，我检讨了自己一度对余秋雨的歪曲认识，甚至觉得他"揪住市井光棍讲人生道理"的做法也是可贵的。这就像我自己，有时候为了饭店服务员一味推荐昂贵而难吃的菜肴而向他们发脾气一样，并非"丢身份"，而是为自己乃至间接为不堪类似骚扰而又放不下绅士架子的人们争取正当的权益。但正如我曾下决心不再跟饭店服务员或停车场的保安员吵架一样，我也希望秋雨先生今后能不写"公开信"就省省心，能不"对簿"就省省力。要打发那些人，抄好杜甫的一首诗贴在墙上是最不费成本的一个办法。诗云："王杨卢骆当时体，轻薄为文哂未休。尔曹身与名俱灭，不废江河万古流。"

姜威

原载 2004 年 9 月 18 日《深圳商报·文化广场》周刊

与文明有关

一

　　我一直欣赏范景中先生和他的几位朋友做的一件事，即系统地将英国艺术史大师贡布里希的著作译介到中国。十几年间，他们的译著在不同的出版社翻来覆去地出，我也就跟着一本本颠三倒四地买。从 1999 年开始，他们翻译的《秩序感》《艺术与错觉》又陆续出现在湖南科技版"设计学丛书"里，开本变大了，增加了几分"专著"的堂皇，却也失去了早年浙江摄影版的可爱与雅致。虽说如此，我也还是买了，说起来是重复购置，为的却是对中文世界里的贡布里希表达敬仰之情。

这套后来又更名为"白马设计学丛书"的主编是尹定邦先生。设计是什么？尹先生在丛书总序里说："设计是一种文明。"这让我想起深圳交响乐团艺术总监俞峰对本刊记者说的话："音乐不能只停留在娱乐的层面，它直接关系着一个民族、国家和城市的文明。"他们都选择从"文明"高度谈论设计与音乐，表达的其实是对设计与音乐现状的深深的忧虑。"登高而悲秋"，正与此意同。

二

深圳画院的一位女士前几天来电话，说他们正在筹备"岁·月：中国现代设计之路——尹定邦师生作品展"暨"中国现代设计之路研讨会"，还传过来一些图文资料。原来尹先生是中国设计学和中国设计教育的重要开创者，他写的《设计学概论》据说目前中国仅此一本。他的学生中间，闯出鼎鼎大名的也颇有几位，像深圳设计界很熟悉、很尊重的王序，即是尹门高足。本期的《名家地带》，我们把尹定邦先生"请"了来，让大家认识一下。

文化活动的多少，显示出一个城市文明的生命力大小。比如，深圳的文化目标之一是"设计之都"，可是，如果这个城市很少举办高规格的设计展，很少策划高质量的设计论坛，很少开展国内外设计界的交流，很少颁发远近闻名的设计奖项，很少有设计团体行业组织在活动，媒体上很少传出设计界的声音，公共空间内很少有设计大师的身影和作品出没，百姓生活中很少体会到设计的美感与趣味，那么，"设计之都"不过是空中楼阁而已。深圳画院等机构策划的这个展览，因此可以说来得正是时候。

三

上个星期，我在这里写《听听余秋雨》，文章结尾提了一个问题：持续多年的"批余热"，其中道理究竟何在呢？文章上了网，有网友跟帖讨论，谈自己对"批余"现象的解读，大意是说这与"恶评名家以求名"的末流心态有关。偏偏有一只"乖乖老鼠"独辟蹊径，在万科论坛发帖《也来说说余秋雨》，分析"诽谤背后的机制"，说这很简单："它与余先生自觉的选择有关。"他说，余秋雨为了自由行走，一次次放弃自己的"身份"（"院长"之类），这恰恰是在剥离与这些"身份"紧紧相连的一重重"社会保护罩"，将自己放逐成一只文化旷野上的"孤狼"。"乖乖老鼠"说他看过一个类似《动物世界》的电视节目，讲的是，一旦一只狼成为"孤狼"，它原本从属的那个群体会排斥它、驱逐它，就连其他群落里的"老弱病残"，也可以肆无忌惮地欺负它，仅仅因为它们背后有一个群落为依靠……

"孤狼"离开了熟悉的"文明"，选择了一个人的"苦旅"，到头来却给撕成了"文明的碎片"，动物世界里的故事实在吓人。

原载 2004 年 9 月 25 日《深圳商报·文化广场》周刊

正常，或者不正常

一

编辑部里进来一位老先生，说要找主编（呵呵，"小报主编"都有老先生来找了）。老先生说，他是河南洛阳人，来深圳开一个《孙子兵法》国际研讨会，前几天看了《文化广场》的《潜藏在深圳的藏书家》特辑，觉得喜欢，想认识认识那几位藏书家。他递过来几张报纸的复印件，说，"这都是写我的"。我看了报纸，得知老人叫方守度，是退休外语高级教师，今年快要七十了。他退休后，苦读中华经典，现在能用中英文熟练背诵《道德经》《孙子兵法》《唐诗三百首》,《论语》《易经》《金刚经》也都能脱口而出。他拿出中英文对照的《孙子兵法》,让我随便找一段,试试他说的是否为真。我怎么忍心像考试一样去测验一位老人,所以不肯照他说的做。可是,看着书页上的天头地脚老人密密麻麻写满了的注解与心得,我真的很感动。

二

我看的那张报纸上的标题是《奇人方守度》,于是觉得这"奇人"二字真一言难尽。其实,背诵经典是旧时学童的基本功夫,也是读书人一生受用不尽的看家本领。如今时移势易,常人都懒得下这番功夫了,或者不屑甚至反对终日念念有词、之乎者也了,方老先生因此就给冠上了"奇人"的名号。当传统的正常成为时尚的不正常,坚守传统的人就成了反常,种种"非常"又变得正常。

《潜藏在深圳的藏书家》一出,好评不少。方老先生之外,还有很多人表示关注深圳这一批人的存在,惹得我们都想做这个特辑的"续篇"了。我们进而想到：活跃在公众视野里的人自然应该关注，潜藏在各自水域不愿浮出水面的人我们也该去量量水温，探探水深，拉他们到"广场"上来散散步，换换空气。不然，我们这个"广场"非但不"广"，简直就像个舞台了。

三

我们因此又想起一个人来——深圳的大画家王子武。

久闻王先生潜心画艺，不闻世事，闭门不出，甘于寂寞，我们本来不忍心打扰。可是，《文化广场》的"2004深圳文化月度人物"走到了11月，王子武无论如何也该在"广场"上同大家见见面了，不然如何能拼出深圳完整的文化图景？于是派记者逆流而上，设法采访。不成想王先生左阻右挡，依然坚持"不合作主义"，惹得记者许石林大发感慨：

"在这个书画家唯恐媒体不宣传、不关注、不炒作的时代，他这样坚决地拒绝进入媒体，恐怕是极其少见的。先生前一阵子为了躲避媒体的采访，已经数次更换了电话，最后干脆把家里的电话停了，只让夫人保留手机与外界联系。王先生可能是这个时代城市定居人家中罕见的不安装电话的人了。"

依仗着平日和王先生多有交往，许石林还是交给编辑部一篇侧记王子武的稿子，读者多少可以从中了解这位大画家的生活、趣味和对文化与时事的见解。王子武是"奇人"吗？以通行的标准看，是。可是以他自己的或者传统的标准看，这再正常不过。你如果非说他是"奇人"，就等于说，"如今一个画家坚持要过自己的正常生活，这是多么的不正常啊"。

原载 2004 年 11 月 13 日《深圳商报·文化广场》周刊

"鬼村"走了，"软硬艺术创作室"来了

一

　　几个月前的一个凌晨，我为《文化广场》写《眉批一二三》，话题是由中山岐江公园的设计引申到一座城市的公共空间和集体记忆，快收笔时，忽然就想起已经消失了的深圳大学校园里的乡巴艺廊（民间惯称"鬼村"）。我当时这样写：

　　　　关闭"鬼村"的是是非非早已尘埃落定，我无意无端吹起无谓的烟尘，只想上网去重温当年"鬼村"的视

觉胜景。可惜,"鬼村"消失的时间有些"超前",那时网络还不发达呢。生不逢时又死非其时,"鬼村"在虚拟世界里也没留下多少痕迹。

我确实是"想想而已"。我当然知道"鬼村"是深圳大学艺术系教师李瑞生出资数百万元、历时十五年创建的名扬海内外的多功能现代艺术中心,可是那时我既不知道李瑞生先生的生存现状,也不清楚他那些铁焊木雕的艺术品的去向,所以对重建"鬼村"不抱任何希望,甚至连念头也没产生半个。文章见报后,张之先、应天齐诸先生陆续给我讲述了很多"鬼村"的昔日辉煌和李瑞生如今的生活境况,还传达了一个消息,说校内外一帮朋友和艺术家都在呼吁,希望能够重建"乡巴艺廊",让深圳当年的这一"文化地标"再一次站立起来。

他们的这一希望能否实现我没有把握,但是我觉得我们应该把这个希望公开表达出来,于是《文化广场》上就有了一篇"深圳文化月度人物"专稿,题为《李瑞生:重新开始》。

二

本报记者许石林在那篇专稿中写道:

我替他做了一个大胆的梦:在深圳重建"乡巴艺廊"。如果说当初拆毁"乡巴艺廊"有它独特的原因的话,那么今天在拆毁者手里重建,则无疑又是一则佳话了。"乡巴艺廊"将因此重新获得更多的文化附加意义,而所有的当事人,都会因为前前后后的各种行为创造一段历史,在后人看来,无疑是一则文化佳话。

很幸运,这一则"文化佳话"前天下午(11 月 18 日)由深圳大学变成了现实。校方在工厂区辟出一层楼,陈列仓库里积尘六年的原"鬼村"艺术品,李瑞生近一两年新创作的大幅壁挂作品也在醒目位置被悬挂出来。学校还把此地命名为"学生素质教育基地",希望学生们能常来这里看看,感受生活的艺术,追寻艺术的生活。这实在是令人惊喜和欣慰的一件事，是值得祝贺的一件事。

李瑞生给这个"新家"起名为"软硬艺术创作室"。他说，他创作用的材料有软硬两类：硬的是钢铁和木材，经由焊接雕刻而成雕塑；软的是棉线毛线，通过编织、拼接和粘贴而成壁挂。他说他要在这软硬之间寻找嫁接和融合的灵感，最终体现的是生命和艺术的浑然一体。

三

我一直没有见过李瑞生。前天下午我终于找到偏居校园一隅的三号厂房，刚走上通往四楼的楼梯，见一个人正匆匆从楼上走下来。脸色黑红，头发灰白，线条粗犷，表情苍茫。我伸过手去："您是李老师吧？"

我猜得不错，正是。他很用力地和我握手，嗓子却几乎嘶哑得说不出话来。他指着喉咙说，这几天劳累，上火了。等揭幕式上轮到他讲话时，他也只能极费力地讲出一句话："谢谢各位。"嘶哑的嗓音半因激动，半为苍凉，仿佛创作室里顽强挺立的刀劈斧砍的木雕。窄窄的用作揭幕现场的楼道里高高低低挤满了人，简朴的仪式和热烈的气氛是对这个艺术创作室名称的又一注解。李瑞生频频向从各处赶来的朋友和学生们致意，他听到的是现场所有人发自内心的经久不息的掌声。那一刻，我看到李瑞生的眼睛里闪烁着泪光。

原载 2004 年 11 月 20 日《深圳商报·文化广场》周刊

附一：

李瑞生的"大自由"

"……六年前放置李瑞生木刻、铁塑、石雕艺术品的地方，高大的荔枝树枝叶繁茂，下面种上了绿草，休闲椅整齐有致地放置在草地边缘。当初李瑞生从花盆里移栽的一株仙人掌科植物——玉麒麟，已经悄悄地长成树冠逾丈的大树了，树木花草年年开花，然而，花开寂寞红，李瑞生夫妇平常却也很少到这里来……"许石林在《李瑞生：重新开始》一文中，如此描述"鬼村遗址"。

前天下午，去深圳大学参加李瑞生"软硬艺术创作室"的揭幕仪式，我没能来得及去"鬼村"原址看看。在装修一新的有四百多平方米的创作室里，我和李瑞生聊起当年的"鬼村"，说我当年去过几次，至今对四处摆放的艺术品印象不深，大概是因为视觉记忆都让酒精给泡模糊了。我说："那样的乡野环境和艺术气氛太适合朋友小聚畅饮了。"李瑞生听了很高兴。其实我不该跟他说"鬼村"的，这会让他心痛。他的夫人陈权也一边擦泪一边对我说，他们真的希望能抚平伤口，从此让李瑞生的艺术品有个新家。"已经毁掉太多了，再这样下去，李瑞生受不了。"陈权说，有人想让李瑞生把这些艺术品搬到其他城市去，可是他不干，他说，这些艺术品的生命都是从深圳开始的，应该留在这里。

我很关心"鬼村"消失后六年间李瑞生的生活。李瑞生说，这些年他几乎把世界走遍了，"到了这个年龄，经历了这些事，转了那么多地方，看了那么多东西，我觉得再创作新的东西，我可以谁的话也不听了，什么风格和流派也不学了，我可以只由着自己的性子，搞自己喜欢的东西了。六年之后，我获得了大自由"。

创作室里挂着一幅他去年完成的新作——壁挂《在路上——敬畏生命吧》。他为此写了几句"多余的话"，初看起来是自嘲兼嘲人的游戏文字，其实是一位艺术家对生命脆弱的痛切体会，和对生命美好的无限留恋。那份"痛切"时时校正生命的方向，而那份"留恋"激发出的正是壁挂里的风云变幻与焊铁雕木时的汪洋恣肆。没有"痛切的留恋"，难说有艺术上的"大自由"。如今有了"大自由"，李瑞生不需要凭吊什么"鬼村遗址"了，当初他从花盆里移栽的那棵玉麒麟，毕竟已经悄悄长成了树冠逾丈的大树。

原载 2004 年 11 月 20 日《深圳商报·文化广场》周刊

附二：

致"不清不楚"，说一些"糊涂"事

"不清不楚"，你好。一看你这名字，就知道你是个明白人。为什么这么说？我们都知道，很多人爱在家里挂上郑板桥"难得糊涂"横幅的复制品，我的看法是：挂这幅字的人中间，有七个人是真糊涂，有两个人是想糊涂，只有那么一个人是装糊涂。真糊涂的人说"难得糊涂"根本是文不对题，他们的糊涂一点儿都不"难得"；想糊涂的人是因为受了"明白"的苦，有点闹情绪；装糊涂的人呢，那就真有大智慧了，无论如何他都糊涂不了，所以感叹糊涂难得。你乐意称自己"不清不楚"，我倾向认为你就是个明白人。即使你真的不大"明白"，起码你还诚实。诚实总是值得鼓励的。

跑题太远了，不好意思。你来信说你刚来深圳不久，没赶上"乡巴艺廊"（鬼村）兴旺的好时光，也不明白为什么我会那么推崇"鬼村"，所以问问，想清楚清楚。

好，我来回答你。在 1998 年拆除之前，深圳大学的

"乡巴艺廊"在海内外非常有名。有人说它是中国第一家私人经营的民间工艺博物馆，有人说它是深圳第一件真正意义上的现代艺术作品。那些年，来深圳的名流，都喜欢去那儿看看，日本的前首相海部俊树去过，我们熟悉的李慎之、李锐、刘国松、周韶华等，都去过。他们还题词签名留影，对这个叫作"鬼村"的地方喜欢得不得了。

"鬼村"是集民间工艺与个人艺术创作、展览、销售为一体的多功能文化中心，又是个能吃、能玩、能喝酒的好地方。这样的地方，在我们这里不容易见得到，但我倒是在香港见过类似的场所，那就是"牛棚"。不过"牛棚"的年龄可就比"鬼村"小得多了，论环境营造之独特、艺术气氛之"怪异"，"牛棚"就更比不上"鬼村"了。"鬼村"的建筑部分包括餐厅、展览厅、工场作坊、"老房子"和"天涯废屋"雕塑展览，其中又有很多乡野味道极浓的艺术庭园，光听听名字你就能神往三分，或者吓个半死（呵呵）：面谱门楼、手相大门、太极厕所、石群神位、坛罐池泉、辘轳水井……这里有砂锅、污水管做的吊灯，还有废轮胎制成的桌子、咸菜坛钵组成的喷泉和天然气瓶改装的吧凳，处处构思奇妙。你说，这算不算是一个可观可游的好地方？

上周在这里我已经说过，深圳大学辟出一层楼（据说还会再给一层），装修一新，展示李瑞生老师的艺术品。这样的空间毕竟无法"乡野"得起来，所以，你信上说想去体会一下"鬼村"的诡异气氛，我看有点儿难。不过，很多钢木雕塑都是"鬼村"旧物，你去转转，也绝不会虚了此行。

至于当初为什么要拆，我也跟你说不清楚，所以你可以先到这里来看一看，免得我越说越糊涂。你也许不知道，我要是糊涂起来，可就是一塌糊涂了。

原载 2004 年 11 月 20 日《深圳商报·文化广场》周刊

曾经拥有，却难长久——那些小书店

一

我们这座城市的书店越来越多了，我们这座城市的书店越来越大了，我们这座城市的书店也越来越新了。这又多又大又新的书店让我们的心情变好，让我们的书房变小，让我们的存款变少。可是啊……可是我们为什么又有那么一点儿不满足？我们为什么会时时想起那几家已经从深圳街头消失了的小书店？畅游在书城汪洋的书海里，究竟是为什么，我们又回想起久违了的深圳古籍书店、愚仁书社、黄金屋，还有梅林的席殊书屋，还有上海宾馆旁边那间不起眼的商报读者服务部?

　　这是个问题。《文化广场》做了《潜藏在深圳的藏书家》特辑之后，我们本来想做一个"续篇"（正在筹备中），一个朋友建议，说说深圳消失了的小书店吧。对爱书人而言，那几家书店曾经是深圳雨幕中的一把伞，烈日下的一片荫凉，是一缕温情的目光，当你想起她时，她就在那儿，望着你。可是啊……可是就有这么一天，那把伞，那片荫，那个眼神，不见了!

　　好吧。我们对那天来编辑部聚会的深圳书友说，好吧，就做这个特辑，你们开始写吧。

二

　　不是说书店大了就不好，很好;不是说书店新了就不好，真的很好;不是说已经消失了的书店就一切都好，不是的;不是说爱书人对书店要求太苛刻跟有病似的，不是的。

　　我们想起过去的事情，总容易想着它的好，忽略了它也曾有让人不舒服、不愉快的另一面。我们想起那几家消失了的小书店，其实是把它们当作一张书房里的温床，用来承载自己对旧日书香的留恋和对未来书店的梦想。同样，我们看着如今的书店，也容易忽略它们的好处，似乎一切就本该如此；又总是发现它们的毛病，仿佛天就要因此塌下来，或者自己注定要命丧此地。

可是啊……可是我们正因为发现了新书店的毛病，才想起了那些消失了的小书店的好。我们想着那些消失了的小书店的好，是希望新书店的毛病快快消失。终究我们是离不开书店的，因为我们是需要书的。万古长存的书店是没有的，万古长存的书却是很多的。我们只是希望，无论书店如何兴衰、好书、爱好书的人和善待好书、善卖好书的书店，总能相互吸引、体贴、尊重和爱恋。这样，人和书店都不寂寞，能朝着书的方向，相伴走上一程。

三

那些消失了的书店各有因由，不必追究太细。但是，现在经营好一家小书店，还是一件很难的事情。如果一直这么难下去，城中也许就只有大的书城才能生存了。可是，一个城市怎么可以没有几家有特色的小书店？

书店经营大有学问，仅仅靠懂书的本领和爱书的热情肯定不行，今天艾舒的文章就是证明。可是……可是书店没有书香怎么行，经营者不懂书、不爱书无论如何都不行。说到底，还得"专业"。经营书店如何"专业"？今天马家辉的文章说："阅读是文化，卖书也是文化，用文化的手段经营文化的生意，才是专业。"那什么又是专业的好书店？马家辉说，好书店就是好服务，书种齐全，气氛优雅。走进去你就感觉自己进入了文化场域，于是你会尊重书本，也会尊重自己，买或不买都觉得满载而归。

刘申宁1993年来深圳，发现了令他心动的深圳古籍书店，里面有旧书，也有线装书。经营者选书品位极高，使得这家小小的书店和内地大城市的古籍书店相比也毫不逊色。于是这里就成了他在深圳最好的去处，化解了当时的所有烦恼，"那里曾经是我在深圳的初恋，伴随我孤灯一盏，度过了一段最辛酸艰难的日子"。对刘申宁而言，深圳古籍书店曾经就是很专业的好书店。

包子、文白兄、冯宇、艾舒的文章里也都闪烁着他们心目中好书店的影子，这些影子仿佛萤光，在他们关于书的记忆中一划而过。今天那些经营着又大又新的书店的人，真应该把这些荧光凝聚起来，小心放入各自大大的书囊中，让这片光为读书人照亮书店的每个角落和每一本书。

原载 2004 年 11 月 27 日《深圳商报·文化广场》周刊

今天我们谈论谈论论坛

一

　　那一年，从一开春，深圳开始到处有论坛发出的声音。海内外的学者来来去去、讲来讲去、谈来谈去，让人陡生一个念头：怎么，深圳兴起"论坛热"了吗？从哪里冒出这么多论坛？那一年论坛的高潮，当然就是《深圳商报》联合其他机构主办的"全球脑库论坛"了，外国的前国家政要、享誉世界的诺贝尔奖获得者、各地的专家学者，一个个出现在深圳的讲演厅里，并很快出现在报纸上、电视中，这给人一个明显不过的信号：在凝聚过海内外的资金之后，深圳正开始凝聚海内外的智慧，一座现代化城市的新闪光点出现了。如果深圳在论坛的兴旺中逐渐成为原创思想的发布场和独特智慧的集散地，它的城市内涵就增加了重要的一维，而这一维，对于一个需要思想含量的年轻城市来说，是多么的重要。

那是 2001 年，那一年的 11 月，第二届"深圳读书月"如期举行。与往年相比，这一届读书月多了一个重要内容：深圳读书论坛。这也是中国第一个以"读书论坛"命名的年度论坛。从那以后，这个论坛就成了每年深圳读书月的重头戏。如今，第五届深圳读书月的"深圳读书论坛"已经落幕，我们特为此制作了一个特辑，和读者一起回顾一下，看看都是谁登上了今年论坛的讲台，他们都说了些什么，他们有什么我们在论坛上听不到的故事。

二

我们所说的论坛，指的是公共论坛，或者称为"公益性论坛"，多由民间机构或学术、传媒等机构组织，是应邀而来的演讲者面向公众就特定话题表达自己的观点的平台。在主题演讲中，讲者并不强求听者接受自己的观点。在问答环节，听者还可以质疑讲者的观点。论坛不是旧时的沙龙，那是一小圈子相对固定的人在女主人的照应下与咖啡点心的熏陶中窃窃私语；也不是动员大会，大会总是需要统一的意志和纲领；也不是我们通常意义上的课堂，这里没有考试，不用勉强自己记笔记、划提要。论坛是一个交流思想、共享智慧、激发创意、注重互动与启发的公共场所。在当今，论坛甚至是一项产业，和会展产业关联极密。深圳最豪华的论坛可能是今年前些时候的中国传统文化论坛，套票的价格居然高达两千多元。

这样子的论坛，说实话，对许多人来说是一个挑战。首先，对组织者而言，这不是在筹备一个普通的会议，营造的气氛和我们熟悉的会议截然不同，需要通过会场布置，显现平等交流的特色。其次，对讲者而言，这不是在做报告，不是上课，不是自说自话。他要将自己的思考所得和研究结论呈现在公众面前，以求引起讨论、共鸣甚至争鸣。再次，对听众而言，需要的不仅仅是倾听，还有独立思考和大胆质疑，最后是达成共识还是各持己见，都很正常。

三

相比之下，公共论坛的兴起对讲者的挑战更大一些。我们的许多讲者太习惯于讲课和开会了，他们需要学会如何在公众面前饶有兴味地表达自己的看法。即使一时做不到妙趣横生，也应该讲得通俗些、活泼些，让听者乐意接受。"乐意"两个字很重要，他不乐意听，你讲得再多也没用，你再有名还是没用。

前几天，我应特区文化研究中心之邀，主持了本届读书论坛最后一场讲演，讲者是儒者蒋庆。他的讲演让我觉得，一个讲者不仅需要深厚的学问和化繁为简、化难为易的本领，也需要一个好身体。蒋先生滔滔不绝三个多小时，底气足，嗓音亮，竟然一口水不喝，让一边枯坐的我叹为观止。

他又特别有亲和力，连赶来参加论坛的小朋友都愿意频频向他发问，还闹着要和他合影，请他签名。

讲者的开场白也关键，这决定了一场讲演的基调和色彩。我至今记得，在2004年全球脑库论坛上，美国前副总统戈尔明星一般地翩翩登台，第一句话就把全场的人逗乐了。2000年，他参加美国总统竞选，但是落败。他说："站在你们面前的这个人，是一位差点儿当选美国总统的人。"人们都笑了。戈尔说："你们觉得这很可笑吗？我可不觉得。"

原载 2004 年 11 月 27 日《深圳商报·文化广场》周刊

"为读而读"

世上有许多事，人人都知道是费力而不讨好，可偏偏有人乐意前赴后继地做下去，给别人开列书目即其中著名一桩。

书海浩瀚，任谁都无力一饮而尽，只有选取自己该喝或想喝的那一杯。在海上漂荡惯了的人，见岸上众生颇有望洋兴叹的意思，常常忍不住要给别人画张出海图，指出哪里风景绝佳，何方暗礁密布。学者、作家往往因了这一心理给后学晚辈推荐必读书和选读书。因他们确实从海上来，这样的书目不仅对别人有些益处，本身也有了文献价值，从中可以看出学人治学的门径，作家"偷招"的消息。也有没出过海而惯于坐在岸边高处居高临下、指点江山的人，他们推荐的书目，他们自己也未必读过，这正如旧时的父母给子弟包办婚姻：新娘或者新郎是谁先不要管，快点入洞房要紧。

又有许多机构也乐意出面推荐藏书与阅读的书目。这样的书目，因为志向远大，要推荐给所有的人，于是就要求全，求稳，斟酌再三，增删不已。这像极了法庭审判，所有的书都成了"被告"，请来的专家暂时坐在法官或证人的位子上，有最终决定权的机构，就是大陪审团了。

第五届深圳读书月鉴藏推荐书目，在近一年间新出的书中选出一百种。据说中国目前每年出版新书十三万余种，从中挑出一百种，真需要千里挑一的眼光，大不容易。

其实读书大体可分两类，一类是为谋生、实用而读，一类是为休闲、修养而读。以这个标准看推荐书目，可以归入实用类书目的约有三十种。许多年来，一直有学者批评深圳人读书过分注重实用，读书月的推荐书目，实用类书籍竟然也占了三成，可见读书重实用的确是深圳读书风气的一个重要特征。

市民读书口味不能强求一律，大可自由选书，各读其爱读之书。可是，作为机构推荐，我总觉得应该少推荐甚至不推荐实用类书籍。推荐书目担当的责任，不是提供新书资讯，而是指出读书方向，提倡较为纯粹的读书理念。而读书的方向，我想总是应该指向人文那一端的，纯粹的读书理念，极而言之，则是为读而读。

《哈佛家训》《超强记忆训练手册》《心灵软件》《204购房合同秦兵指南》《培训就这么做》《健康美丽零距离》《十大赚钱之神》……诸如此类的书，有人卖、有人买、有人读也就罢了，隆而重之地推荐它又是何苦。

原载 2004 年 11 月 6 日《深圳商报·文化广场》周刊

附二：

"深圳人"杨争光

我坚持认为，今年的深圳读书月鉴藏推荐书目中，应该再多加两部小说，一是杨争光的《从两个蛋开始》，一是程抱一的《天一言》。既然推荐书目永远是挂一漏万的事，大可归入"遗憾的艺术"之列，我也就用不着再说什么。

杨争光本是陕西的作家，应深圳之邀，南迁深圳，前不久出任深圳市文联副主席。那天小聚，得知他的住房一番曲曲折折之后终于有了眉目，春节后就可以搬进去了，真为他高兴。前些日子听说他得了一场病，那天看他的言谈举止尚算正常，如同"好人"一般，也为他高兴。

四五年前了吧，那时我如火如荼地追看电视连续剧《水浒传》，觉得古典名著电视剧中，数《水浒传》拍得好，比《三国演义》《西游记》和《红楼梦》都好。一天晚上，朋友说我们去见见杨争光，他来深圳了。我问杨争光是谁，朋友说，你真无知啊，你老说电视剧《水浒传》好，难道不知道杨争光是《水浒传》的编剧?

后来我还知道杨争光是电影《双旗镇刀客》的编剧,又知道他写过很多小说,在北方赫赫有文名和"剧名"。他最新的长篇小说《从两个蛋开始》去年年底出版,他签名赠我一本,说你必须看。我写书就是给朋友看的,你们不看就没意思了。

我曾经要求自己尽量不读当代中国作家的作品,免得自己的文字因"近亲结婚"而生出不伦不类的孽障。得到《从两个蛋开始》后,我还是让它在书架上寂寞了些时日。终于有一天,我忍不住看了,连连大呼精彩。杨争光是讲故事的高手,对北方农村了解透彻,满肚子稀奇古怪的故事,满纸的野史村言,满脑子农村小人物的生存哲学。语言干净利落,是那种铅华洗尽的朴素,炼成了包罗万象的简单。

《从两个蛋开始》分四辑三十六章,单看是一篇篇乡村野夫的奇人异事,连起来是中国北方农村五十年的变迁史,有史诗味道。今年法国龚古尔奖获奖的小说,就是因为有史诗味道而一夜成名天下知,不知《从两个蛋开始》有没有这一天。

原载 2004 年 12 月 4 日《深圳商报·文化广场》周刊

大喇叭·DVD·CD

一

　　三十年前，紧挨我们家北房西墙的水泥电线杆上，悬挂着"大队革委会"的专用大喇叭。每天早上六点半和晚上八点整，电台的新闻节目都在大喇叭里准时播出，一男一女两个高亢激昂的声音从我们家的房顶上空，传进每家每户，远播田间地头。那一年，大喇叭的声音很长时间都在不停地严厉批判一个叫作安东尼奥尼的人，说他拍了一部什么片子，"反华""反动"！我哪里搞得懂安东尼奥尼是谁，更说不清他到底拍了一部什么样的片子，倒是牢牢记住了这个当时觉得怪里怪气的名字。

二

前些天，书吧里出现一本新书，是维姆·文德斯写的《与安东尼奥尼一起的时光》。我赶紧对一旁正滔滔不绝大讲电影技巧的"崔碟王"说，对，这个人，安东尼奥尼，我记得，他到底拍了一部什么片子？找找看。

没几天，拿到了几张世界经典纪录片的 DVD 碟。原来安东尼奥尼拍的纪录片叫《中国》。碟片介绍说，安东尼奥尼 1972 年来到中国，开始了一次神秘之旅。这个西方人用摄影机观察并记录了那个特殊年代的中国风貌，之后对这部电影的批判和这部电影一起成了那个年代的真实写照。

这几句话绝不是当年大喇叭里说的话，可是大喇叭里到底说了什么，我是一句也记不起来。对了，我们家屋顶上的大喇叭，消失了二十多年了。

三

片子还没来得及细看，就看见许多报纸都报道说，安东尼奥尼终于来中国了。不过不是他本人来中国，而是他的纪录长片《中国》来了，这是《中国》与中国阔别三十二年后的首次正常会面。

北京的王小鲁在专题文章里说，再回中国，是安东尼奥尼长久以来的一个梦想，可是如今他已经九十二岁了，而且疾病缠身。在北京电影学院放映《中国》之前的十几分钟，他派来的代表专门念了他为此次放映写的一封信，大意是：这个片子终于在中国放映，表明了中国巨大的开放与变化，希望这个片子能尽快与全中国人民见面。

真是时空感觉的奇妙组合。我突然又回想起当年大喇叭里的声音，想起那几位著名播音员。如今我常常在汽车里欣赏他们录制的CD，声音还是那么好听，只是高亢变成了柔美，激情变成了深情。他们朗诵的是唐诗，是宋词。

原载 2004 年 12 月 11 日《深圳商报·文化广场》周刊

我们为什么想起了邓云乡先生

一

前年冬天，我去北京组稿，曾和河北教育出版社的孟保青一道，去北京东郊一晤止庵，路上不知怎么就说起了编辑《邓云乡全集》的事。保青说邓老的文稿收集不易，欲成"全集"大有困难；又说他们还在努力，争取做出一套精品书，让后人一窥邓老的为人与学问。我听了真是感慨万千。邓老于1999年初突然去世，是谁都想不到的事。他一生命运坎坷，退休后得以施展平生才学，以大手笔写小文章，以旧情怀观新人事，以渊博扎实的学问，做细致精微的钩沉，以过人的精力与记忆力，奔南走北，忙东忙西，呼朋唤友、忆往怀人、挥毫泼墨、采风问俗——那是一个多么健谈健步又健笔的学者。以随笔写作而论，他和北京的张中行先生堪称一南一北两位老来逢春的"后起之秀"，实为20世纪八九十年代中国学界文坛上的清幽胜景。他有许多的题目还没写完，有不少投寄出的稿子还未及刊登，就突然撒手走了。我格外感慨的是，毕竟还有出版社肯为他出一套集子，让那些已绝版的旧作重获新生，让散见各处的篇什有个团聚之地，邓老忧时伤世的情怀也因此有个安顿之所。

今年的冬天，这套《邓云乡集》终于出来了。见到书后，查查日历，邓老去世竟然也快六年了。我们为什么想起了邓云乡先生？见新书，想老人，此理由一。

二

《文化广场》周刊 1995 年秋季创刊，从那时起，邓老就是我们的主力作者，一写就是两三年。那时网络时代未至，

311

书写风气犹存，邓老的每篇稿子都是用蓝墨水仔仔细细地写出来，不马虎，不含糊。有时来稿中附一封措辞甚谦的短札，有时是在稿子上贴一张"易可贴"纸片，问候一声，交代几句。他的长短不一的稿子和三言两语的问候，每次都让我觉得安稳，觉得欢喜，全当是研读前辈学者风范和文人风骨的课本。他的来稿我都舍不得直接发排，总是复印一份交给编校工序，蓝墨水的原稿就私下珍藏起来。谁料想，没几年时间，原稿就成了遗墨。如今电子邮件通行天下，什么样的文思都在键盘上流出，在液晶屏上泉涌，再想一睹笔意流淌、墨趣盎然的手写文稿，难矣哉。

"老广场"时代，邓老总共为我们写了多少篇文章，一时也难以统计，只是记得从第二期开始，我们就为他开了《名家专座》专栏。他给我们写的第一篇文章是《胡适日记与坐飞机的上海人》，之后又写过《杭州茶事竹枝诗话》系列，还写过一个关于北京风物的系列。他不同意他的专栏叫《名家专座》，但既然让我们推上去了，也就安坐其位，大写其文，和一帮年轻人文来信往，高兴得很。我第一次给他写信，抬头写"邓公"，他说什么也不肯，回信非让我称他为"云乡兄"。我哪里敢，吓得我只好不给他写信。他每次有新书出来，总送我一本，扉页上每每写"洪侠吾弟正之"，我刹那间不知天高地厚，只觉得无地自容。

有这样的文化老人为我们鸣锣助阵，多么幸运。而这样的幸运，眼见得是越来越少了。我们因此就更加想念邓云乡先生，此理由二。

三

在《胡适日记与坐飞机的上海人》一文中，邓老说他经深圳去了一趟香港，"沪深来回都是坐飞机，回程那天，经深圳几位青年好友照顾，十分顺利"。是的，邓老那几年经常来深圳，有时是专程来看看，有时是路经做短暂停留。每次我们都乐意和他聊天，看他写字，听他发牢骚、谈掌故。他劝我多读点古书，劝姜威不要总喝那么多酒，催束因立赶快把老婆孩子调来，夸黄中俊文章写得好，说邓康延和他

"三百年前是一家"，又和王绍培谈武汉风物，和尹昌龙聊北大红楼，和贺承军论清华名师……来深圳的次数多了，他也说说深圳的文化，提点儿建议，间或批评几句。深圳这样一个年轻的城市，经常有一些文化老人来看看、说说，不是坏事。

深圳地理位置特殊，"过路"的文化人多，他们不经意间留下很多见识、很多智慧。深圳文化有今天的面貌，不能说和他们没有一点儿关系。在这有关系的人当中，邓老是给人留下深刻印象的一位。他在深圳媒体发了那么多文章，与深圳人有那么多交往，我总觉得，我们不应该忘记他。我们今天想起邓先生，此理由三。

原载 2004 年 12 月 18 日《深圳商报·文化广场》周刊

附:

邓云乡的不服老

孟保青在《一位老教授一套新文集》中提到，他们早在邓云乡先生在世时就有了编辑《邓云乡全集》的策划，而且付诸实施。他们还到上海当面征求邓先生的意见。孟保青说，邓先生把编全集的任务全权托付别人，这让他很吃惊，因为"出版全集对任何一位作家，哪怕是成名的作家，都不是一件小事，有些作者对此的谨慎甚至让出版社无所适从"。

我同意孟保青文章中对邓云乡态度的解读，邓先生确实对"全集"一事看得很淡，确实有一种超然的境界，也确实对出版社很信任。可是，我倒愿意从另一角度理解此事。我猜邓先生的心情是这样的：我还不算老，还能写很多年，还要写很多题目，还会出很多本书，怎么就到了编"全集"的时候了？人还在活，笔还在写，这"集"怎么个"全"法？你们有心出，那就出吧，反正出书总不是坏事，还能赚点儿买菜、买书的钱。

我这样理解，是因为我知道邓老是不服老的人。其实，他在世时，我们叫他"邓老"，他并不乐意，也不承认可以和其他诸"老"并称。过马路时，你要搀扶他一下，他也不乐意，手总挣脱开，说，不用不用，我没问题，你们不要总拿我当老家伙。

　　那么，邓云乡先生为什么不服老？我想出两条原因，一条原因与个人生活有关，另一条与文化有关。

　　我先说文化的。邓先生学问底子好，于中国传统文化，入得进去，打得出来。他也因此很念旧，留恋旧时的许多东西。说来奇怪，中国传统文化有一种魔力，你迷恋越深，越深陷其中，掌握得越多，就越觉得我们的文化博大精深，就觉得自己很年轻。"老当益壮""老骥伏枥"的说法，实际上是内涵在文化中的。而且，传统的东西是那么丰富而奇妙，穷一生精力你也难于完全悟透，即使掌握某一门类的传统学问，也几乎成了一个不可能完成的任务。有一个"难以企及的境界"在头上高悬，不服气的人就会不停探究，心态因此也能保持年轻。邓老恰恰就是一个不服气的人。

生活上的原因就有些让人心酸了。邓老虽然是不服气的人，但是，"生不逢时"，他一生大部分时间，虽不能说是所学非所用，所用非所长，但大体上也差不多。他的工作岗位和他的文化岗位或个人的理想岗位是分离的。也可以说，退休之后，他的学者与文人生涯才真正开始。他于1993年退休，之后的岁月是"海阔凭鱼跃，天高任鸟飞"。他既觉得真正人生刚刚开始，又怎么会服老？

只可惜，天不假年。对邓云乡先生来说，他的去世是"早逝"，是好不容易迎来的生命中第二个春天里的"夭折"。

原载2004年12月18日《深圳商报·文化广场》周刊

她的一生是"一连串的事件"

一

　　任何新书的出版都构成一条文化消费资讯，尤其在文化生产大行其道的今天。然而有一些书的出版，却构成一个文化事件，换句话说，有时候，一本书的出版，和这本书说了些什么同样重要。我一直把苏珊·桑塔格著作中文译本的出版，看成是很有意义的事，所以每有她新书问世，我必搜购到手而后快。先是1998年在香港买到繁体字版的《论摄影》，台湾译者将桑塔格译为"宋妲"，让我大为不快，感觉好像是古代后宫里走出来的一个妃子。后来，陈侗他们

1999 年 7 月出了简体字版《论摄影》，小小的开本，干干净净的设计，与繁体字版大异其趣。再后来，2003 年 5 月，桑塔格的小说《在美国》也译出来了，译林出版社还出了精装本，当然，还是那种纸面硬板，简陋得很，也俗滥得很。终于，到了 2003 年的年尾，上海译文出版社推出了漂亮雅致的《苏珊·桑塔格文集》，陆陆续续出了三种：《反对阐释》《疾病的隐喻》和《重点所在》。当时，《文化广场》做了一个专题，隆而重之地推荐桑塔格的书。最近两年，台北的出版界也是盯着桑塔格不放，先后出了她的两种文集——《疾病的隐喻》和《苏珊·桑塔格文集》，两本小说——《我等之辈》和《火山情人》。我在伦敦"唐人街"附近的一家小书店还买到了写桑塔格的最新传记，是封面上那张熟悉的美丽而冷峻的脸吸引了我，几米之外我就知道这本书一定与桑塔格有关……如今，这十余种书排列在我面前，组成了"一连串的事件"。可是，这些书的作者刚刚在十天前去世了。

二

美国人不叫她苏珊·桑塔格，而是直呼其名，叫她苏珊。这倒不是说人人和她关系亲密，而是因为她像玛丽莲·梦露一样，是家喻户晓的明星，不需要姓。许多和她素未谋面的人都这样称呼她。《纽约时报》上的一篇悼念文章于是说，苏珊·桑塔格是"那种美国人直呼其名的极少数知识分子之一"。她的名声来自她犀利的评论和兼具历史与言情风味的小说，尤其来自重大事件发生后她特立独行的观点。每逢有大事发生，比如"9·11"、伊拉克战争、美军虐俘之类，人们就渴望听到她的声音，想知道她怎么评论这些事件的前因后果。她总能让读者看见本来看不见的事实，思考事实背后潜藏着的意义。上海译文版《苏珊·桑塔格文集》中的每一本书的封底中央，都用很沉稳的黄色印了一句话，这句话可以印证苏珊·桑塔格为什么这么有名以及她真正的价值所在："在一个充斥着假象的世界里，在真理被扭曲的时代中，致力于维护思想自由的尊严。"

查尔斯·麦克格拉思在《纽约时报》上的悼念文章里甚至说，桑塔格为思想界带来的不仅仅是无比严厉的言记，还有"思想界以前难得一见的魅力和性感"。她本人是极有魅力的："全身黑色套服，撩人的声音，一头长发中间那抹标志性的白发。"她的魅力还来自她令人倾倒的才智和渊博的知识。她什么都读过，尤其是那些"欧洲巨头"——本雅明、卡内蒂、巴特、鲍得里亚、贡布罗维奇等。"他们耸立在对我们大多数人来说是不可企及的地平线上。"查尔斯·麦克格拉思说。

三

我们是在徒步漓江的路上得知苏珊·桑塔格的死讯的，于是马上电话组稿。这几天已经有太多的海内外媒体发了太多的文章怀念她，我们的策划也许说不出什么更多的新意，但总是要说点什么，以让更多的人知道世上曾有过这么一位知识分子。无视她的存在未必就是无知，但终究是一大损失：知识和智慧上的、视野和阅读情趣上的——多么重大的损失！

原载 2005 年 1 月 8 日《深圳商报·文化广场》周刊

"自己的脑袋自己用"

一

　　一个平凡人，自己所知不多，却能流露出自信的微笑，这其中有奥秘吗？袁伟时教授说："有。"他给出的秘诀是："自己的脑袋自己用，心热眼明，俯览纷繁世事。不怕鬼，不信神，遇事追根究底，说话有根有据。"我在袁教授新书《告别中世纪——五四文献选粹与解读》的前勒口上读到他的这段话时，眼前浮现出的正是他和煦的笑容。他的文章绝不靠学术名词装神弄鬼，文风格外犀利澄明，论断史实手起刀落之余，字里行间竟然还能融进自己充沛的情感。我因此认为他应该是个一脸严肃的学者，见面之后才发现他很平易近人，很慈祥，脸上总是挂着从容、亲切的微笑，真称得上是一个可爱的老头儿。我终于知道，真诚而谦和的笑容，其实是一个学者的学术格局中不可缺少的风景。这样的微笑诠释的不仅仅是性格，还有胆识、智慧与自信。我从此坚信，那些满脸风云叱咤、满口雷电激荡、满篇文字迷宫的教授学者，要么是手里有权，要么是心里有鬼，要么是脑子里什么也没有。

我在几个月前匆匆见了袁教授一面，那次他是应邀来深圳讲演。前些时候，我们知道他的新书《告别中世纪——五四文献选粹与解读》出来了，编辑田泳随即约单世联和袁教授就这本新书长谈了一次。对话很长，但是很好读，思想含量也丰富，相信喜欢袁教授学术观点的人不会失望。

二

早就有人欢呼说我们这个世界大踏步跨入了"信息时代"，可是前几年我们怎么都想不到，如今不仅是个信息时代，还是个信息过剩的时代、信息泛滥的时代、信息垃圾充斥的时代。我们寻找有用信息，首先付出的却是用大量时间过滤无用信息的高昂代价，整合信息、深度解读信息于是变得格外难得和难求。袁教授在《告别中世纪——五四文献选粹与解读》一书中想做的就是，整合和深度解读"五四"时代留给我们的历史信息。如今许多有定位、有品位的报刊，追求的也是替各自的"目标读者"选择、整合和解读即生即灭的当代信息。

然而，信息的选择已经不易，整合尤为艰难。选择的难处在视野的拓宽与标准的确立，整合则难在"有所为，有所不为"。对大众媒体而言，信息的取舍之间，整合的深浅之间，解读的雅俗之间，如果失了分寸，乱了阵脚，或许就变成了一厢情愿，自作多情。阅读风气一变再变，读者市场晴阴不定，媒体工作者一心想在大众中找到可以热情相拥的自家田野里的"狐狸"，到头来时常发现自己抱住的是别人山头上的"刺猬"，杂志或报纸的命运也就随之变得飘摇起来。

近来传出某读书杂志因资金困难可能停刊的消息，一时间惹来议论纷纷。感叹"资方"易变、资金难求的同时，也有人开始反思杂志的定位与风格。薛涌的文章就说，那家杂志的失败，最大的原因是编辑部错把"文人"当"人文"。打开杂志一看就知道，其服务对象是"文人"，即我们所谓的知识分子。薛涌断言，"人文"不是"文人"，"人文"涉及普通百姓的生活，而不是一些知识特权阶层的小趣味。

三

凌晨时分，我去万科论坛的"书情书色"论坛浏览，赫然见到一个帖子是专门为我而发的，那帖子的标题写明请我一读："因为他应该弄清楚这个道理！"我大有"九华帐里梦魂惊"的惶恐，连忙打开帖子细读，原来就是转载的薛涌谈"文人"与"人文"的文章。读了几遍之后，我对那位署名 Veblen 的网友心怀感激之情，立刻回帖表示感谢。"文人"与"人文"这对名词在杂志停刊背景下激发出一个崭新的思考空间，我在这个空间里徘徊良久。我也连夜将薛涌的文章转发给陈、田两位编辑，"因为她们也应该弄清楚这个道理"。"文人"大都是普通读者，并非"特权阶层"。知识分子同样需要自己的读物，"人文关怀"根本就是知识分子的题中应有之义，所以我并不同意薛文中的某些论断。但是，"文人"和"人文"对举，昭示出一个我们必须直面的现实：现在不是文人趣味备受欢迎的时代了，知识分子或者"文人"都适宜眼睛向下，关注普通百姓的冷暖人生。"冷"，关乎他们的生存境况；"暖"，关乎他们的娱乐生活。这一"冷"一"暖"之间，留给思想文化类专刊的空间确实是越来越小了。

汉语的有些词汇可以颠来倒去，通常也能颠倒出一些道理：不要搞"色情"，但是可以研究"情色"；不能老强调"性感"，但是文章要好读就需要"感性"；"爱情"太狭隘了，"情爱"才博大……所以，我们不能太"文人"，但是一定要"人文"！再次感谢 Veblen 对《深圳商报·文化广场》周刊的关注与期望。

原载 2005 年 1 月 15 日《深圳商报·文化广场》周刊

杨梅红了，万捷牛了

一

　　那个女孩叫慧慧，个头很小，穿的衣服都是"宝宝装"，浑身上下小花小朵泡泡袖，小情小调小珠珠。大学毕业后来深圳一家媒体应聘，"宝宝装"包裹起来的慧慧过了面试过笔试，好不容易等到了主考人的结束语："大家都回去等通知吧。"慧慧突然就举起手来了："我要发言！"主考人说："请讲。"慧慧问："主考官能不能告诉我，今天的考试是真的公平考试，还是早有内定，在这儿装装样子？"全场哗然。

杨梅红的新书《杨梅红了》写了许多可爱的女孩,有许多这样好玩的故事,揭开的是深圳阳刚面具下的婉约色调里柔中有刚的一面。当然,更出色的是有许多好看的插图。我刚知道她的漫画大名时,她在深圳一家杂志当美编,还和邓康延合作出了一本图文相映争辉的小册子。虽说是小册子,书名却气吞如虎,叫《一杯江河》,看得出是康延的"诗人句法"。康延说杨梅红长得高高大大,"男人在她面前都会显得渺小",吓得我至今也没敢去见女画家一面。几个月前《文化广场》的《四城记》版需要一个插图画家,我们想起应该约杨梅红出场。经过编辑一番游说,她的《城画》专栏就稳稳地坐在了《四城记》之中。她不仅画,还写几行短短的文字。她似乎漫不经心地就把视觉的城市细节和诗意的生活思考轻轻地绾在了一起。

"每天,当我游走在生活了多年的这座城市里,沿着深南大道,走过上海宾馆,走过华强北,走过中信广场,走过东门老街,最吸引我注意的⋯⋯是那一张张飘过来的面孔,更确切地说,是一张张女人的面孔。"杨梅红觉得深圳的女人身上注定都带着一个故事，埋藏一段神话，让人联想起一幅色彩斑斓的印象派点彩画。于是开始画、开始写，于是就《杨梅红了》。在她的画笔下，慧慧的短发分成两绺，发梢骄傲地在耳边翘着，表情神气活现，站姿一派雄赳赳气昂昂，更奇的是，身后有无数的宠物狗跟她一起笑傲江湖，场面像极了金庸笔下任盈盈任大小姐率领的三教九流。因了求职场上的惊天一问，慧慧顺利就职，之后又有了一个理想，办一家"狗狗慈善收留站"，管它流浪狗、迷路狗、孤老狗、失恋狗，全都收留，管吃、管住、管喝、管疼爱。杨梅红不忍看着慧慧的理想成泡影，只好在画中让慧慧和她理想中的狗狗一同走天涯了。

二

2005 年 1 月份《文化广场》深圳文化月度人物，我们选了万捷。我很欣赏刘悠扬写万捷的文章中的第一句话："如果将万捷的二十年成长史改编成电影剧本，无论搁在哪个导演手上，都将是一部出色的青春励志片。"

去年的 12 月份，万捷和我同去香港参加城市交流会，中间休息时，梁文道问我，你专栏里写过，内地一本什么书获了"世界最美的书"唯一的金奖，那书是什么样子的？我指着后排座位上静静等着重新开会的万捷说，去找他去找他，那书就是他印的。梁文道转动着自己一毛不拔的著名后脑勺嘿嘿一笑：是吗？那得去见见。

我曾经在专栏文章里写到，生当今世，我们对书籍之美的评价尺度已然有了变化。莱比锡"世界最美的书"评选，坚持两大原则：其一，手工制作书籍时代讲究的是视觉享受，电脑时代更注重书的材料和装订品位，强调的是手感；其二，书籍之美追寻的是整体完美，从内容到装帧到出版到印刷，每一环节的失误都不足以缔造整体的美好。可是，《梅兰芳藏戏曲史料图画集》获"世界最美的书"金奖后，谁该去领奖却起了争执。我在网上查到一份梅兰芳纪念馆发表的声明，大意是说，获奖的书是由梅兰芳纪念馆 2001 年初特聘请著名中国画家申少君先生（蠹鱼阁）总体设计，于

2002年6月在深圳完成的，出版社于2004年6月单方面领走莱比锡设计金奖，并始终未告之编撰单位、作者及设计者，这种行为难以接受，出版社必须予以解释。德国的评选组织者颁发奖项时，是否已经核查清楚，请组织者在调查后予以说明。我于是有点儿"不平之气"，这份声明不仅指责领奖者，还质疑颁奖者，却忘了一位战友，印刷此书的深圳雅昌是不是也有资格去争一争"获奖权"？不然设计如何体现"整体"，又如何实现？

后来我和万捷提起这个争执。万捷一口"京片子"嘎嘣脆："我都获了多少奖了！争来争去没意思，让他们去争吧。"

够牛！

三

杨梅红了，万捷牛了。《杨梅红了》虽由上海三联书店出版，却是在深圳一家印刷公司印制的，很时尚、很精致，也很漂亮。我因此想到的是，杨梅红和万捷其实都是深圳文化产业链条中重要的一环，他们从不同的部位接上了精神产品从原创到设计到制作到市场的"深圳链"。我还想到，深圳并不缺少有原创能力的创作者、设计者，他们需要"深圳链"强大的包容度、吸纳力和面向市场的吞吐能力，而眼下的"深圳链"常常不太圆，往往有缺口。"深圳链"当然不是慧慧理想中的"狗狗慈善收留站"，"深圳链"需要引领文化人靠市场实现"管吃、管住、管喝、管疼爱"的温暖梦想。

原载 2005 年 1 月 22 日《深圳商报·文化广场》周刊

猴年尾巴上的一束书消息

一

上上周我在这里写《"自己的脑袋自己用"》，中间谈到由一家读书杂志停刊引发的话题。几天后《书城》杂志编务总监李二民发来电邮，说"一切已成过眼烟云，杂志还是照常出版"。好极了！二民他们不用再低声吟诵唐诗里的"山重水复疑无路"了，他们终于可以放声高歌的是前几年电视剧主题曲中的"山不转水转"。

我在那篇文章中还感谢了"书情书色"论坛里的Veblen，因为他给我们推荐了一篇文章，间接表达了希望

《文化广场》吸取《书城》停刊的教训。他看了我的"眉批"后，用几天时间写了一篇万字长文《小趣味如何回应大问题》作为回应，详细阐述他对中国媒体生态的看法。虽然《书城》已经躲过资金短缺之劫，但 Veblen 文中的许多观点对我仍有诸多启发。我尤其欣赏他文中以刀叉为喻分析部分媒体的"理念错位"，办给"文人"看的媒体，强调的是"小趣味"，而有"人文"价值观的媒体，必须直面"大问题"。"小趣味"好比教人在饭桌上"如何使用刀叉"，"大问题"则是"有没有刀叉可用"。你可以"教人如何使用刀叉"，也可以质问"有没有刀叉可用"，但是你不能以"追问有没有刀叉可用"之名，来行教人"如何使用刀叉"之实。Veblen 因此担忧的是，我们的刀叉还不足够，读者和市场对"追问有无刀叉可用"需求更殷切，负责任的媒体无论如何都不应该借"文人"的小趣味，消解"人文"的大问题。

"文人"与"人文"可以对应以构成分析问题的框架，但现实中二者并非简单的对应，更不容易一刀两断成为"对立"，种种情境，复杂得很，我愿意和 Veblen 一起继续思考。

二

　　"凡是与书相关之人，不论性别、阶级、职位，都最容易敲开我们的心扉，而且获得我们的热情与偏爱……借由那些像是磁铁般吸引书籍的人，我们得以进入渴望的知识天堂并拥有无数的好书。"台北的女书人钟芳玲非常喜欢14世纪英国人理查德·伯利《书之爱》中的这段话，她肯定也喜欢阿根廷作家博尔赫斯的传世名言："我总是想象天堂将如图书馆一般。"她的新书干脆就起名叫作《书天堂》。最近这本书在海峡两岸几乎同时上市，封扉设计却迥然不同。前几天我忽接到台北书人陈建铭先生电邮，大为高兴。我早买过他译的"书虫圣经"《查令十字街84号》，新近又买了他译的书话经典《藏书之爱》（爱德华·纽顿著）。他说他准备寄赠一本他主编的《逛书架》，还可以送我一本繁体字版的《书天堂》作者签名本。我回信表示感谢之余，也写了对两岸《书天堂》装帧设计的浅见。台版《书天堂》，感觉封面设计不如大陆简体字版，书香太淡了，太像童话书了，太强调所谓"天堂"的意境了，也太光滑亮丽了，真正的书天堂不会如此"轻薄"的。我还说，繁简版本的《书天堂》同犯一病：书的用纸和开本过分强调豪华，本是可以拥被在床、轻翻细品的图文，成了需要正襟危坐、双手把持的"厚重"家伙。

这也真够"小趣味"的了。可是，有这样的机缘交流对书的"观感"，虽然解决不了什么"大问题"，心里依然高兴。陈建铭译的《藏书之爱》已有内地出版社买下版权，对此，他说："拙译缺失甚多，简体字版应能更臻完善。"

三

上海的子善先生访港途中，在深圳小停，聚谈甚欢。听他聊天南海北的文化消息，是一大乐趣，拿到他编集并签名赠送的《夏志清序跋》《董桥序跋》《隐地序跋》三本可爱的小册子，又是一大乐趣。他说他在苏州和一位学者兼官员的先生曾经有过一次"大辩论"，辩题是个与文化有关的"大问题"。"一大堆人围着我们，都不说话，听我们俩争来争去。"他又提到，陈梦家夫人赵萝蕤在世时，他曾经去北京拜访过。他一心想看西厢房里陈梦家著名的明式家具收藏，赵萝蕤说，满满一屋子，到处是灰尘，不看也罢。"其实，"赵萝蕤说，"你现在坐着的椅子就是明代的。茶几也是。"他突然就觉得坐不稳了，唯恐一不小心把明代的宝贝椅子坐塌掉。

陈子善的"坐不稳"当然很"文人"，他的"大辩论"也"人文"得不得了。几十年间，他钩沉史料，编书无数，用他的"小趣味"追问了很多"大问题"。

原载 2005 年 1 月 29 日《深圳商报·文化广场》周刊

我们给年拜个年

——回一封老友的电邮兼作"策划人语"

我们给年拜个年

……你小子！我不过说了一句我们正在搞一个"中国春节青春版"的策划，就引出了你一大堆牢骚，说什么"逢年过节搞策划不过例牌菜或者媒体秀而已"，说什么"这年都过成这样了，还有什么好策划的"，又说"你们去年搞了'打捞春节'策划也没见打捞出什么东西"……呔！这都是些什么话？真真是什么嘴里吐不出什么牙。你还总算是想着我，说"还策什么划，赶快滚回来过年"。呵呵，这几天火车、汽车车轮滚滚，人多得都快滚不动了，我要滚回去，谈何容易。不回了，给咱那帮狐朋狗友问好吧，就说我还没把他们忘光呢，欢迎他们有时间来深圳玩，鱼翅粉丝汤之类的请不起，东北菜馆的酱骨架管够。

不瞒你小子说，我还真没指望我们的策划有什么立竿见影之效，长远的效用有没有我们也不管。我们只是觉得，咱这么一个传统的年，年味不能一年一年地淡下去。我们的策划表达的是我们的一种心情：希望各方关注春节的命运，各尽所能传承中国传统的节日文化，希望"年俗"有新的生命，"年魂"有新的依托，"年乐"有新的曲子，"年画"有新的韵味，"年礼"有新的盒子，"年戏"有新的舞台，"年灯"有新的亮色。我们还希望，这一系列的"新"，不是"破旧"而立的"新"，而是"新"不离"旧"、"旧"中有"新"，正如我们希望，每个中国人的衣柜里都该有一套新新的唐装，大年三十、大年初一亮亮堂堂穿出来。我们希望，漂浮的心能在祭祖仪式中变得自信和沉稳，陌生的情能在面对面拜年时变得真诚和温暖。我们真的希望过了几千年的年不要衰敝不堪，不再老态龙钟，不能虚有其名。我们希望国际化社会、全球化时代里的我们的年，能够搭上现代的回家快车，焕发青春，不失本色，红红火火地过下去⋯⋯ 年就像一位老人，我们希望他年轻，希望他长寿，希望他领着我们，想想去年，想想来年，想想过去，想想未来，想想祖先，想想子孙，想想自己，想想别人。过年，过的就是一个念想啊！

我们的策划（去年的《打捞春节》，今年的《中国春节青春版》，明年肯定还有别的），其实就是——给年拜个年！

"过年过成了年的过客"

"年味确实是越来越淡了。"你小子的信中有此一叹，还算明白。你的这句感叹，用两个你懂的学术名词来说，既是"事实判断"，也是"价值判断"。"事实判断"好理解，因为这已是不争的事实；说"价值判断"就麻烦一些，因为该判断的"价值"太多。年味为什么越来越淡？年味应不应该越来越淡？年味如何才能不越来越淡？这都是"孩子没娘，说来话长"的道理，一时跟你也撕扯不清，等我们的策划印出来，我寄你一份，你慢慢琢磨吧。咱们不妨先考虑考虑这"过年"的"过"字。

现在我们怎么过年？要我说，我们不是在过年，我们是在"看年"。大年三十的那场晚会，都快成了我们过年的唯一内容了，而那正是"看年"的铁证。我们都在看着电视里别人怎么过年，我们在看着别人过年时顺便过了自己的年。那里面的人、歌曲和节目慢慢成了年的化身，我们成了年的旁观者、年的欣赏者、年的评判者。我们无法走到年里面，和年一起舞，一起唱，一起放烟花。那里面每个人都在给我们拜年，可是他们听不见我们的拜年声音。我们只能看，我们过年过成了年的过客！

年不是看的，年是要过的。怎么过？全身心地过。想想我们曾经过过的年吧。我们当然也"看"，可我们看的是自己家红红的春联、邻居家红红的窗花、大街上红红的灯笼、东边胡同里新娘子红红的衣裳。我们还争着说看到了灶王爷升天去言好事，看到了祖坟上新冒的青烟，看到了家谱上的先人都回来陪我们过年了。除了"看"，春节还是可以"捏"的，捏自己外面兜里还剩几颗鞭炮，里面兜中的压岁钱是否还在。春节也可以听，听除夕夜谁家放了第一串鞭炮，听远空传来的"二踢脚"来自哪个村子，听此起彼伏的拜年声，呜哩哇啦的唢呐声，舞狮人扬手摇响的铃声，舞龙者杂沓的脚步声，秧歌队的锣鼓声，戏台上的咿呀声，集合村民集体看烟花的钟声。春节更是可以"赶"，赶年前最后一场"花会"，赶雪地里一字排开的祭祖队伍，赶着天黑前多走几家亲戚，赶着奔赴下一场朋友同学聚会。春节又可以嗅，嗅母亲刚蒸出来的馒头的清香，嗅父亲还没煮熟的一锅牛肉的诱惑，嗅年糕上红枣淡淡的甜，嗅兄长笔下春联上未干的墨汁，嗅一挂鞭炮过后空气中弥漫着的硝烟……你说说看，我们现在怎么仅仅成了"看客"了。

"过客"与"看客"：我们本来是年的主人，现在免不了身在故乡也成"客"了。

有家才有年

我们不是在怀旧，我们其实是在想"新"。

我们知道传统的春节不可能原样再回来了，年的过法不可能像保护文物一样"修复如旧"了。工业文明早就惊破了农耕文明的一帘幽梦，农家纸窗上的红窗花更挡不住现代都市里的滚滚霓虹。年夜饭变成了家常便饭，年夜饭就少了年夜的味道。网络视频天天见面聊天，当面拜年就少了新奇。红包里的数额越来越大，给压岁钱就变成了送礼。出国旅游变得比回家容易，回家过年就成了可以卸下的负担……我们清楚，因为几乎一切都变了，春节的过法不可能不变。

可是，节庆中的文化内涵、仪式中的文化心理、阖家团聚的亲情需要都无法变掉，也不能变掉。变不了的文化，总需要有节日承载，有仪式体现，有人群集体记忆。如果日益稀薄的节日空气越来越承载不了中国人这份独特的文化心思，我们难免会觉得失落，会觉得无家可归，无旧可怀，无情可深，而最终的命运，不管是群体还是个人，都会是无地自容。所以，我们当初策划这个《中国春节青春版》，是想提供几种让春节焕发青春的可能性，从各个角度给出一系列继续思索的空间，为历时不变的文化梦忆设计出与时俱进的现代温床。可是，真的不容易，仅仅是"畅想"都不容易。告诉你，我们本来是想邀集各路作者畅谈春节的新过法，结果许多来稿都表达出了无奈的情绪。你一定在偷笑，说"英雄所见略同"之类的风凉话，可是我还是坚持我们策划的初衷：保持一份对传统敬重和传承的心情最重要。

说的不少了，累了。大年初一别忘了代我给你父母磕头拜年。你小子一定要珍惜有老人的日子，有老人才有家的气象，有家才有年的样子。对了，我深圳的一位梁姓朋友说，今年他一家三口有三种过年法：孩子去了北方跟爷爷奶奶过传统的春节，他太太留在深圳过"革命化春节"，他自己则出国旅游过"国际化春节"。你说，年能这么过吗？这么过是年吗？可我不认为这是过年，拜拜吧。

原载 2005 年 2 月 5 日《深圳商报·文化广场》周刊

"深圳读书月"六题

深圳为什么会有一个读书月

前两天替朋友去一电视媒体做几分钟的直播节目，编辑让准备的题目是：深圳这么年轻的一座城市，怎么会想起搞一个读书月？我想了想，在心里写好了几条答案。可惜直播临头，主持人问的全是其他问题，让我的"腹稿"无法出生。从今天起，《文化广场》将有一个"读书月观察"栏目，本报几位同人每天轮番上场，分析读书现象，讨论读书话题，解读读书月出现的有意思的新闻。我不妨先把上面提到的问题在这里回答一下，以期引出其他同事更精彩的见解。

首先，"深圳读书月"这一想法并非横空出世的偶然念头，而是当年一帮有识之士顺应时势的一个创造。首先，它的产生是基于深圳的一个"新的传统"，即深圳读书气氛的浓厚。我们常说深圳缺乏深厚的历史传统，这同时意味着深圳需要创造自己的新传统。应该说，深圳二十几年间确实形成了类似"新的传统"的东西，爱读书即是其中的一个。自20世纪80年代末以来，深圳的人均购书额一直领先全国，这是一个不容忽视的指标，因为这种领先地位不是靠行政手段"打造"出来的，而是要靠这个城市的爱书人自愿拿自己的钱买自己喜欢的书才能实现。

其次，读书月的诞生和第七届全国书市在深圳的成功举办有很大关联。很多人都会记得，1996年11月，深圳是在怎样一种浓郁的读书气氛中度过的。新的书城开张，全国书市光临，出版界深圳大集合，新书如云、名家荟萃，作者争相签售，读书活动一个接一个……那真的称得上是书香四溢的"狂欢节"。可是，全国书市不可能年年在深圳举办，繁盛的节日过后未免有一点儿落寞。文化当局由此想到，既然深圳是这么一个爱读书的城市，既然深圳人需要一个类似读书节庆一类的节日，既然读书节日确实对建立与共享书香社会有促进、整合、提升的作用，那么我们为什么不能自己搞一个读书节呢？"深圳读书月"的想法由此慢慢形成。

第三，酝酿读书月的创办时，主管主办单位还思考另一个问题：虽然说深圳读书热情高涨，但也存在重实用性读书，即读书过分"功利"的问题，需要靠强势的读书活动，提倡读书趣味的丰富和读书结构的完整，尤其要提倡阅读人文类书籍，增强市民的个人修养，最终提升城市的阅读素质与文化底蕴。你可以从每年读书月推荐的鉴藏书目中体会到这一点。

创办读书月的原因也许还有很多，但我印象深刻的是上面这些。这不算是历史的回顾，只是给读者观察今年的读书月提供一个稍远一点的视角。

2005 年 11 月 4 日

深圳读书月：一种新的传统

世上有许多偶然的事，我们终其一生，未必能遇上一次，即使遇上了，也只是一次而已，难以指望还能遇上。另有一些事，我们不仅年年遇上，而且会有预期，未卜而能先知，知道它会在某个时间一定再来，不翩翩早至，也不姗姗来迟。如果简单地给这两类境遇各一个说法，我们可以说，于生活而言，前一种是"碰巧"，比如路边捡钱包，后一种是"传统"，比如过年。

一年一度的深圳读书月，今年已是第七届了。每年的11月，它都不请自来，不像深圳读书论坛的嘉宾，是要请了才来的。而深圳读书论坛倒是读书月的"例牌菜"，年年也是不请自来。不独论坛，还有读书月的启动仪式、一百种鉴藏推荐书目、电视辩论赛、读书征文、现场作文大赛、名家名篇朗诵会等，构成了每年读书月的核心内容，或者说，它们构成了读书月的一系列符号，仿佛是读书月的象征。有了它们，我们很容易知道，大大小小的读书活动陆续有来，长长短短的报道文章一定游走在各色媒体上，深深浅浅的读书话题到处流传着，书城、书店、书铺里的人也会多起来。因此，以短时段而言，读书月是深圳的文化节日；以长时段而言，读书月已然成了深圳的一个传统。

而且，是一个新的传统。

一说起传统，深圳人往往就底气不足，觉得自己生活在一个只有二十多岁的城市里，那就相当于生活在一个没有传统的城市里。尤其当传统被当作"积淀"的文化时，我们又像是生活在"文化沙漠"里。于是就有可敬可佩的学者们，不甘心我们的没有"传统"和"文化"，有感于充耳不绝的文化焦虑和辗转反侧的文化梦想，上穷碧落下黄泉，挖出了许多深圳的"历史"。他们惊喜地宣布，深圳有历史，而且有数千年之久。很自然地，他们说我们原来很有传统，于是也就有了文化。我丝毫不怀疑学者的发掘和考证，我坚信这些都是很有价值的，我也明白没有一个城市是横空出世的，它总生存在我们这片古老的大地上，而大地既然古老，就一定能挖出些岁数极大的盆盆罐罐。可是，传统是什么？是某一种生活的仪式、符号、规则、价值的有规律的重复，是一直延续到今天且可以预期能延续到未来的生活。所以，我们发掘出来的是历史遗存，而非传统。非要说是传统的话，那也是已经消失的传统，无法醒转过来为新兴都市的"没有传统"辩护。所以，说深圳"没有传统"实在是实事求是的描述，算不上是无中生有的指责，大可不必为此而心生愧疚之心。

相反，我们应该心平气和。原因只有一个：我们有新的传统。深圳二十几年间已经缔造了一系列的新的传统。我们就生活在这一系列新的传统之中。我们遗憾的只是，深圳的旅游产业少了传统的名胜古迹可供开发，但这并不说明我们的生活中没有传统。

传统不仅是可以继承的，也是可以缔造的，传统的生命正因此而延续和新生。英国的历史学家霍布斯鲍姆这几年在中国很有名，他的《革命的年代》《资本的年代》《极端的年代》等几部著作都有中译本，读的人很多。他还编著了一本书，叫《传统的发明》，此书主要论证了一个观点：传统不是古代流传下来的不变的陈迹，而是当代人活生生的创造。那些影响我们日常生活的、表面上久远的传统，其实只有很短暂的历史。我们一直处于不得不发明传统的状态中，只不过在现代，这种发明变得更加快速而已。他说，那些"发明的传统"是一整套有规则的实践活动，具有仪式或象征特性，试图通过重复来灌输一定的价值和行为规范。他论证出，1870—1914年间的欧洲是大规模生产传统的时期，这些传统包括校友领带、王室周年纪念日、五一劳动节、国际歌、奥运会、足总杯决赛、环法自行车赛、美国国旗崇拜。他发现，一个社会转型越迅速，传统的发明就越频繁，旧的社会模式衰弱得越快，人们对新的传统的需求就越旺盛……

英国老霍的观点大有值得我们深思之处。我们正目睹自己周围一个个新的传统的诞生和成长，我们甚至都参与了新的传统的发明或者缔造。能赶上一个传统的开端是荣幸的，去年我应邀参加《滨海·深圳》文化电视片的制作，还充当了某一集的所谓"主题人物"。据说"主题人物"是要接受采访的，我诚惶诚恐，想着人家肯定问："你为什么参加这一活动？"我想好的回答是："深圳'拓荒'时代已过，自己来得稍晚，土地拍卖、开办股市等大事的开端都没赶上。而深圳开发'滨海'概念刚刚开始，东部大鹏半岛几十年后将会有我们想象不到的滨海生活形态，滨海文化的拓展正处在良好的开端，我能参与其中，觉得也做了一回'开拓者'似的。"

可惜没有记者问我这个问题，我的"答记者问"成了一顶无头可戴的帽子。我不打自招地将这段话自己报道出来，是因为自己对参与"深圳读书月"也做如是之想。您也知道今天是第七届读书月的第一天，就已经生活在并参与到了深圳一种"新的传统"之中。

2006 年 11 月 1 日

深圳读书月：一座"文化闹钟"

第七届深圳读书月开始后，我又听到了那个"老问题"。

说问题"老",是因为几乎每一届读书月都有人提到,而且提问题的人总是显得理直气壮,好像读书月从一开始就做错了什么事情。

那个问题的表述是这样的:"为什么会是读书月?难道读书不是终身的事吗?一个月够吗?为什么11月份是读书月?难道一年中就11月读书吗?其他月份就不用读了吗?"

这个问题看起来是抬杠,回答起来却不容易。当然,你可以用同样的"逻辑"反问:为什么大年初一要过年吃饺子?其他时间就不能过不能吃吗?为什么非"十一"长假、"五一"长假叫作"黄金周",其他时间就是废铜烂铁般的日子?诸如此类。

可是,这样反驳下去,结果可能是需要拳脚相向才能勉强分出高低。那么⋯⋯好,换个思路,比如说,曾经有很多人都提到过,"深圳读书月"已经算是深圳的一个文化节庆。既然是节庆,那么先不妨思考一下节庆的功能,挑个日子,把它命名为一种节日或者庆典,对我们的生活而言,究竟意义何在?

意义有很多，比如，节庆创造了欢乐，带来了希望，增加了乐趣，休整了身心。还有，任何成功的节庆，都多少形成了一种唤醒机制。元旦，提醒我们新的一年到了；春节，告诉我们春天就要来了；清明，让我们想起已经在另一个世界的亲人；情人节，呵呵，总让你想起或想见某个人；中秋，月亮圆了并不重要，关键是世间有许多要团圆的人。深圳自己创造的文化节庆照样有唤醒作用：演出季来了，你或许会想起你崇拜的那个钢琴大师今年又要来了吧；沙滩音乐节来了，起码你会想到深圳原来是个滨海城市啊，竟然还有沙滩。

"深圳读书月"就是这样一个具有唤醒作用的文化节庆，它所缔造的是这座城市阅读文化的唤醒机制。

说到唤醒，我就想到了闹钟。

其实真的可以这样说，"深圳读书月"正是深圳的一座"文化闹钟"。每年的 11 月，它都准时"丁零零"响起。

那么，这座"文化闹钟"唤醒了什么？

其一，唤醒了各界对阅读文化和全民阅读的关注。并非其他时间不关注，但是在 11 月，关注的活动多一些，力度大一些，给人的印象深刻一些，参与的人多一些，爆发力随之强一些。

其二，唤醒许多人对自己阅读生活的回忆。平时或许你不太会想到多年前你的读书岁月和苦读故事，可是在 11 月，因为那些比赛、征文、辩论、论坛等活动，往日你买书、借书、抄书、藏书、丢书的记忆是否会——重现？回忆不仅仅是情绪，还是力量。读书的回忆会校正你今天的读书方向，充盈你明天的读书计划。

其三，唤醒了读书人对"书目选择"的兴趣。据说，中国现在每年出版新书二十几万种，读什么书于是成了大问题。读书月每年推出的"鉴藏推荐书目"会让你的选择有个大致的方向，起码告诉你有这样一些新书是上了架的，有些市场没有炒作过的书其实是可以关注的。

其四，唤醒了一部分人的读书冲动。在这些人的生活中，书籍的影子早隐去了，11 月里连续不断的读书声音，让他们想起久违了的书香："天哪，我已经很多年没读过书了呀!"于是他醒了。他也许不会马上起床,可是毕竟醒过一会儿,这也很重要。

其五,唤醒了许多人对这座城市阅读环境、书籍市场的关注。他问,这里的旧书店是不是太少了?去新开的书城买书有没有折扣?我们这个小区不是应该有家书店吗?图书馆里的新书太少了,更新太慢了,手续太啰唆了,就不能改进改进?应该有个地方可以自由交流交换旧书才对啊,那个阅读漂流,书都漂到什么地方去了?

其六,唤醒了许多人对他人读书生活的好奇。

其七,唤醒了许多人"终身学习"的自觉。

其八,唤醒了许多人对"文化闹钟"本身的反思。铃声还可以再响亮些啊,下载最新的彩铃也可以啊。搞个什么人做"读书月"代言人是不是会更过瘾?有个权威的图书评奖就更厉害吧。

其九,唤醒了一些人对读书观的再反思。

提到这一点,以我自己为例,很多年了,总有人评判说,深圳人虽然读书热情高涨,人均购书额连续 N 年全国第一，可是人们读书太功利了，太重实用了，太不"人文"了，太没品位了。

我也加入过这一"合唱"，今年，我似乎有点儿"醒"了。

实用型读书肯定不是读书的最高境界，却是读书最重要的功能之一。深圳人读书为什么重实用？这是深圳人的特殊境遇和深圳城市发展的特定阶段决定的。我们从四面八方来到深圳，不是为了来读小说的，是来闯天下的。可是在深圳生活，我们都面临很大的生存压力，甚至可以说，我们面临很大的读书压力——很多书都不是自愿要读的，而是不能不读的。自20世纪80年代至今，生存竞争其实一直是深圳人最蓬勃的读书动力之一。初来乍到，一切是新鲜的，要学；等学得差不多了，又需要自主创新，还得学；原来的技能用不上了，为了新的饭碗，要学；原来的知识结构陈旧了，不更新跟不上潮流，要学；还没弄清"第三次浪潮"怎么回事，"数字化时代"呼啸而至，不学怎么办？得地利之便，海外的风一阵新似一阵，得赶紧学；求职需要资格面试，需要"临时抱佛脚"一下，这种证书、那种职称，不都得考？

不都得"恶补"？

深圳居，读书大不易。新城市里的新市民，实用型读书这一关差不多都要过，时间有早有晚而已。我所醒悟的是，在深圳，大力提倡休闲阅读是没有错的，简单指责市民读书太功利却是"站着说话不腰疼"。一个城市的读书风气可以持续引导，但无法一味塑造，从"为生存而读书"到"为生活而读书"再到"为读书而读书"，需要时间，需要很多很多的人生存节奏渐渐慢下来，生活心情渐渐闲下来，脑子和环境渐渐静下来，情趣和志向渐渐丰富和多样起来。

当然，也需要"深圳读书月"这座"文化闹钟"年年响起来。

2006 年 11 月 13 日

"新读书运动"

一身盛装的"深圳读书月"，在 2006 年的 11 月里尽展几番曼妙的书香舞姿之后，它长长的"裙摆"将暂时隐去。《文化广场》的"新读书运动"系列策划，也到了挥手小别的时候。可是我们不说"再见"，因为明年的11月必定还要相见。

这一个月间，我们推出了"新读书运动"的综合篇、节庆篇、媒体篇等。在全城一片琅琅书声中，我们拜"深圳读书月"所赐，借众多读书活动之活力，尽编辑部采访评论编辑之所能，关注了正在流传的阅读话题，拓展了尚未开阔的话题空间，回顾了依然留存心底的读书生活，展望了有些清晰又有些朦胧的阅读文化前景。我们的消息、专访、评论、图片和专题报道，共同描绘了一幅深圳的阅读文化图景。我们相信，同前几届读书月一样，我们的描绘仍然只是个开始，因为这样的一幅文化图景，一定有更壮丽的孕育空间。我们愿意和读者一起，继续关注这一图景日益美丽多彩的进程，共同期待它大功告成的日子。

热闹的活动过了，讲坛上的名流走了，激烈的比赛、有趣的漂流、多彩的征文、深度的研讨等都结束以后，我们相信，每个人都会有所收获。这些收获，有些回荡在耳边、旋转于眼前，更多的是沉积在心里。买到几本新书，分享别人的阅读心得，这当然是收获，但是，更重要的收获，也许是一些观念、一些想法和一些值得回味的话题。

比如，来参加"自然论坛"的著名文学评论家李陀说，其实现在到了建立"深圳学"的时候了。他的意思是，城市研究是当今世界的学术前沿之一，许多学者都在寻找题目。深圳作为一个只有近三十年历史的城市，一个似乎一夜之间拔地而起的现代大都市，它的学术意义和研究价值都非常高，值得城市建设、城市文化、后现代文化等学术领域高度关注。我们很少有机会从一个城市诞生那天起，就关注它、研究它。对一个城市的研究能够和这个城市的成长同步，这样的学术机会太难得了。他认为，深圳应该非常重视城市学术文献的梳理和积累，甚至应该创办一份《深圳文献》杂志。这个工作现在起步已经有一点儿晚了，但完全来得及。并非每一个城市都有很高的学术研究价值，但深圳绝对是一个。他建议，深圳应该创造机会请世界各地的不同学术领域的学者来做研究，不断积累多种学术视野观照下的研究文献。

又比如，来深圳参加"中国首届报纸阅读文化圆桌会议"和"四方沙龙"等活动的著名作家韩少功说，现在有各种各样的图书排行榜，但仅仅有畅销榜是不够的，深圳媒体应该能够创造出新的"图书榜"，应该尝试以新的视野和分类方法引导读者的阅读方向。他问道：完全忽视大众的阅读热点当然不对，但是，忽视小众的阅读趣味就是应该的吗？小众的阅读权利选择难道不应该得到尊重吗？他建议说，可以搞两个榜：一为"大众榜"，一为"小众榜"，但是这两个榜都不应该是一味迎合市场和炒作热点的排行榜。两个榜的书目可以有部分重叠，但一定要有区别。有区别的理由不是区分谁高雅谁通俗，阅读趣味的分野是业已存在的现实，而现实总是需要尊重的，现实也总是需要我们在阅读的引导和服务方式上有所创新。

再比如，来深圳参加"中国首届报纸阅读文化圆桌会议"的代表很容易就达成一个共识，即报纸的阅读版面不能放弃"引导阅读"的责任，为读者选好书、评好书迄今仍是阅读类版面的使命。放弃这一责任，毫无原则地向所谓"市场炒作"缴械，是报纸的失职。说到底，报纸读书类版面的主要职责就是一个"导"字：导读、导购、导向、"导游"。需要有一个好的方法、好的机制，凝聚报纸阅读类版面的目光，形成多媒体环境下一股新的文化力量，有效抗衡图书市场的"粗制滥造"和"假冒伪劣"。

还有许许多多值得我们再三咀嚼的声音和观点。我们听到了全国读书文化研讨会上发出的"深圳宣言"，我们听到了阎崇年、唐浩明对话"在历史的天空下"时的睿智见解，我们还听到了来自台北的南方朔先生关于阅读的经验和智慧。声音承载观点，观点酝酿行动，行动产生力量，而这力量正是"深圳读书月"给我们带来的重要收获。因了这些收获，我们对明年的"深圳读书月"多了几分期待。

2006 年 11 月 30 日

重温大经大典

第八届深圳读书月喊出了一句新口号——"实实在在读一本书"。连日来，我的同事们陆续解读这句话，各表其意，各抒其情，一说再说，转眼间就轮到我"五说"了。还好，"五说"毕竟到不了"无说"的地步，我勉强再跟进一说。

说"实实在在读一本书"意味着一种态度，可以。说它是一个警醒，一种期待，一个希望，一剂良药，都可以。我倒愿意把它看作是一种读书的方法，而这种方法的核心，应该是"重读经典"。

"重读经典"又可作两解，其一，"重（zhòng）读"，其二，"重（chóng）读"。第一种当然很重要，确实需要重点读一些书，读书也需要有重点。而我想说的是第二种，是重温经典，是一读再读。

旧书苍苍，新书茫茫，能称得上经典的，不会太多。经典的定义言人人殊，但最根本的一条是值得一读再读，正像意大利著名作家卡尔维诺说的："一部经典作品是一本每次重读都好像初读那样带来发现的书，是一本即使我们初读也好像是在重温我们以前读过的东西的书，是一本从不会耗尽它要向读者说的一切东西的书。"

即使是值得一读再读的经典不太多，但古今中外算下来，经典的数量也相当可观，一个人终其一生、旦暮攻读、手不释卷，读完也大成问题。所以，值得重温的经典，应该是"经典中的经典"，是"大经大典"。

即使是"大经大典"，因每个人的志趣不同、爱好各异，看得上、读得进、愿意一读再读的经典，也可能很不一样。也就是说，每个人的书架上或书眼中，会有不同的"大经大典地图"。我们需要重温的不过就是，我们自己选择的数量不多的几部书。

一个人知道读书的好处是很容易的，认识到读书是一种生活方式也难不到哪里去。要说难，其实难在知道自己不需要读什么书，难在选出自己最需要读的书。而最难的可能需要花费几十年才弄得清楚的是，最终选定与自己相伴一生的几部书。

有一测试说，如果把你放逐到一个荒岛，只允许你带一册书或几册书，你将如何选择。不解读书三昧的人会觉得这个问题很荒唐，爱书人又觉得回答这个问题太过踌躇、不容易决断，只有已经选定和自己相伴一生的书的人，才会不假思索地脱口说出答案。对最后一种人而言，所谓"书海"，早已是天高云淡，选起书来，那手起刀落的麻利，来自于化繁为简的修为和苦尽甘来的历练。

金克木先生讲过一个故事，历史学家陈寅恪曾对人说过，他幼年时去见历史学家夏曾佑，那位老人对他说："你能读外国书，很好。我只能读中国书，都读完了，没得读了。"他当时很惊讶，以为那位学者老糊涂了。等到自己也老了，他才觉得那话有点道理，中国古书不过是那几十种，是读得完的。

老学者说的"几十种"也好，我说的"几种"也罢，道理一样简单，不是什么书都值得读的，更不是什么书都值得一读再读的。我们需要翻阅，需要浏览，需要细读，需要博采，而最终，我们需要一读再读的，不过几部书而已。这

"几种"和"几十种""几百种"并不矛盾。博览群书总是需要的，而且是情趣盎然的，但是，总要有"几种"书融化在你血液里，扎根在你生命深处，像家园一样，让你多温暖、不寂寞、有底气、少漂浮、富沉静、得从容。甚至可以说，有几部一读再读的大经大典垫底，你就不那么容易被打倒，谣言、诽谤、挫折就像喧嚣一时的畅销书，你都懒得正眼瞧他们一下。至于如此读书的其他结果，比如写成了几部扎实稳妥的专著，练就了一双轻拨云雾的慧眼，口中变得深刻，笔下洗尽了铅华，这有可能是"有心栽花"的果实，也可能是"无心插柳"的绿荫，一切自然而然。

然而，找到自己的大经大典，是多么不容易的事。书和人一样，自有其命运。当你手持"阅读遥控器"在如海万卷中搜索到你自己的"生命信号"，那个"频道"里就可能有你寻觅多时的"大经大典节目"。

张爱玲找到了《红楼梦》，说她差不多年年看，最后各种版本间的任何差异，不用校勘比照，自己就蹦出来了。唐德刚说他能成为历史学家，写出不盲从、有见识的专著，得益于心里装着《资治通鉴》这部大书。在一次讲演的对话环节，我问龙应台，"你的传统营养从何而来"，她说，她每年读一遍《庄子》。钱文忠前几天在深圳讲演时也提到，季羡林先生居然能够经常重读在常人眼睛里枯燥无比的Philologica Indica，而且读出荡人心魂的美感。王元化先生也从艰涩的黑格尔的思辨哲学里领略到回肠荡气的美感。读书读到这个地步，就已经进入了生命的审美境界，这当然也就是读书的最高境界。

"实实在在读一本书"，应该是朝向这个境界的。

2007 年 11 月 8 日

"一城一书"如何？

"实实在在读一本书"，诚然是一个大有深意的口号。然而，正如我们已经知道的，一个好的想法，有时还需要以合适的活动为载体，否则极容易流于空谈。或许也可以这么说，好的理念犹如灵魂，需要肉体来寄托、承载，以缔造灵肉合一的生命，而没有肉体的灵魂，正如我们已经知道的，那是游魂。

有什么活动可以承载"实实在在读一本书"的理念？我和同事们讨论的时候，倒也想起了一个，这就是诞生在美国西雅图、目前已推广到欧美几百个城市中的"一城一书"活动。

1998 年，西雅图公共图书馆华盛顿图书中心主任南希·皮尔女士突发奇想：假如西雅图市民共读一本书，将会是怎样的景象？如果让市民一起来讨论一本好书，岂不有助于活跃阅读气氛、激励深度阅读？于是她发起了一个"一城一书"（One City，One Book）活动，希望借此激发民众对阅读和文学的热情。这一年，他们号召西雅图市民读的书是班克斯的小说《意外的春天》。

"一城一书"活动在全球各地反响之热烈，肯定是发起者没有预料到的。很快，芝加哥加入了，旧金山加入了，加拿大的多伦多和魁北克也跟上来了，法国、英国、澳大利亚和荷兰也有模有样地学起来了。中国台湾的桃园不仅模仿，还搞了个诗意盎然的名称"一书一桃园"。仅就美国而言，有资料说，2002年，已经有30个州的63个城镇加入"一城一书"活动行列，到2005年底，参加共读活动的城镇更是超过了350个。如今，"一城一书"活动竟然也有全球化的味道，比如在第18届"法国读书节"中，"一城一书"活动甚至涉及本国各大城市和100多个合作国家。

各地"一城一书"活动的花样也是新意迭出。常规套路的各类讨论会、征文比赛就不用说了，有的城市专门制作"我读过了某某书"胸章，凡阅读了推荐图书的，就可以戴在胸前，乘车、买菜、逛公园时，戴胸章的人很容易发现"同党"，可以随时随地展开讨论。各城市的媒体也跟着忙碌，网站大做广告，报纸公开征集市民意见，海报贴得到处都是。选中了一个作家的书，如果作家还健在，就请回来巡回讲演，如果去世了，就组织市民去其故居或创作地参观。荷兰政府更是大方，他们的图书馆向会员免费派发选中作家的作品，一发就是五六十万册，平均每三十名市民一册。

选择什么书提供给市民共读，是每个开展"一城一书"活动的城市共同面临的难题。以目前情况而论，思路大都是根据本城最需解决的问题而选书。西雅图曾选过《梅岗城故事》《爱在冰雪纷飞时》，目的在于通过讨论小说主题，消弭种族隔阂，促进社区互动。旧金山选择华裔作家李健孙的自传小说《中国小子》，和西雅图是同一初衷。也有的城市重在选择和本城或本地区相关的作家的作品，一边庆祝，一边重温，旨在增加地域文化凝聚力。

最需要提醒或最需要引起我们关注的是，尽管每个城市选择的书不同，但有一点是共同的，那就是：只选择文学作品，尤其是小说。

"一城一书"活动的好处是显而易见的，撮其要者有五：其一，形成阅读焦点，可以最大程度唤醒市民的阅读热情，集中各方的阅读注意力，让私人的阅读兴趣在公共阅读事件中酝酿得更浓厚和持久；其二，制造共同话题，为人与人之间的交流创造一个机会、一个话题空间，更鼓励通过讨论和辩论就某些原本歧见纷出的问题达成新的共识；其三，推动深度阅读，提倡精读一本书，重温一本书，促使那些习惯"浅阅读"的人通过参与各项活动，认识到只有读深、读透一本书才可以和别人进行有效沟通，最终树立起深度阅读带给一个人的荣耀和尊严；其四，如果所选书籍和本城、本地有关，可以激发市民对居住城市历史或现实的了解与热爱，在阅读中增强家园感，在交流中多几分"月是故乡明"的温暖，减几分"生活在别处"的漂泊无依情绪；其五，因为各项活动皆围绕一本书在纵横两个方向展开，全民读书活动或许会避免无主题或多主题带来的华而不实、大而不当，会因此少一些"热而虚、高而飘、上热下冷"的弊端，会让各类活动变得焦点更集中，收获更明显，影响更普遍，反应更热烈，步伐更踏实。

上述种种，岂不正是"实实在在读一本书"的题中应有之义？

所以，我们建议，比如在明年的"深圳读书月"，尝试引进"一城一书"活动，把"一城一书"和目前的深圳读书论坛、图书漂流、读书辩论赛、诗文朗诵、读书征文等活动做相应整合。这样，"实实在在读一本书"有了实实在在的依托，这一口号所倡导的理念有了实实在在的载体，而"深圳读书月"这一全民阅读活动，或许会因此变得更加实实在在。

当然，如果真的要在深圳开展"一城一书"活动，最大的难题依然在于选书：第一，这么大的一座城市，选择一本什么样的书才足以引起广大市民的兴趣？选得出来吗？第二，一定要选择和深圳或深圳地区有关的文学作品吗？选得出来吗？第三，为解决移民城市中尤为突出的人与人之间的交流和沟通问题，我们需要选择一个什么样的共同话题？选得出来吗？

所以，"实实在在读一本书"不是一件容易的事情。不过，知道了什么是难题，解题方法就有可能找到。怎么样？我们试试？

2007 年 11 月 9 日

图书在版编目（CIP）数据

夜书房：二集 / 胡洪侠著 . —杭州：浙江大学出版社，2019. 10
ISBN 978-7-308-19581-2

Ⅰ.①夜… Ⅱ.①胡… Ⅲ.①散文集－中国－当代
Ⅳ.① I267

中国版本图书馆 CIP 数据核字（2019）第 202152 号

夜书房：二集

胡洪侠 著

责任编辑	周红聪
文字编辑	李 卫
责任校对	杨利军 夏斯斯
装帧设计	李 岩
出版发行	浙江大学出版社
	（杭州天目山路 148 号 邮政编码 310007）
	（网址：http://www.zjupress.com）
制 作	北京大有艺彩图文设计有限公司
印 刷	北京中科印刷有限公司
开 本	787mm × 1092mm　1/32
印 张	12.25
字 数	166 千
版 印 次	2019 年 10 月第 1 版　2019 年 10 月第 1 次印刷
书 号	ISBN 978-7-308-19581-2
定 价	68.00 元